***Jacques Duhameau** est né à Paris en 1936. Artiste et écrivain, c'est sans renier la ville, mais pour prendre ses distances avec elle, qu'il s'est installé en Auvergne. Son premier livre,* Le Légat Holigon, *paru en 1968, a reçu le prix d'Aumale des mains de Maurice Genevoix, secrétaire perpétuel de l'Académie française et auteur de* Raboliot. *Salué par la critique, il publie entre autres chez Phébus* La Dernière Fugue *(prix de Nantes) et* Le Retour du chasseur *(grand prix de la Société des gens de lettres). En parallèle, il poursuit une carrière d'artiste et d'humoriste, privilégiant toutefois sa passion littéraire.*

Le Vent du Peyradoux

53, rue Fernand-Forest – Z.A. de l'Artière – 63540 Romagnat
Achevé d'imprimer en France en mai 2007
Dépôt légal : mai 2007
ISBN : 978-2-84494-539-6
ISSN : 1769-1788

Jacques Duhameau

Le Vent du Peyradoux

De Borée

I

Aux Batignolles

Il fut un temps, pas si lointain, où Paris était bien Paris et la France tout à fait la France. La banlieue, prolongement du faubourg, ne constituait qu'une frange qui entourait les plus grandes villes. Elle s'est développée depuis et elle a pris tant d'importance qu'elle s'annexe désormais les provinces comme elle absorbe les métropoles, efface les différences, passe les frontières pour finalement rejoindre la grande banlieue du monde où chacun parmi tous porte le même tee-shirt, la même casquette américaine.

J'allais sur mes treize ans quand, pour la première fois, j'ai senti que la France changeait. Si quelqu'un me demandait à partir de quelle date le Parisien de Paris et l'Auvergnat d'Auvergne ont fait le pas décisif qui, cinquante ans après, les amènerait où ils en sont, aurait fait d'eux des banlieusards universels, je dirais 1952. C'est là – ou à peu près – que ce récit commence.

J'avoue qu'en 52 le modernisme était l'objet de mes rêves. Pour la toute première fois j'avais vu scintiller le minuscule écran d'une grosse télévision. Une fenêtre s'entrouvrait sur du neuf qui chassait la tristesse de notre Histoire récente. Si mes parents avaient connu l'ivresse de la Libération, j'héritais de la gueule de bois. Ma patrie qu'on prétendait belle me faisait l'effet d'un tapis-brosse où, après l'occupant, s'essuyait le libérateur. Nos héros des stalags me paraissaient obscurs face aux chevaliers de la RAF ou aux diables de Guadalcanal. Vus de ma rue, ils avaient la couleur des défaites, du marché noir et de la défense passive. J'avais besoin d'admiration. Plutôt que la mienne, réduite alors à mon quartier du XVIIe arrondissement, la ville dont je rêvais était Londres ou New York.

Jusqu'au bout des années quarante, la guerre avait ramené par force quelque chose de la vie d'autrefois. Nous avions fait un recul en direction d'on ne sait quel Moyen Âge que nul, sur le moment, ne trouvait romanesque. Après la débâcle et l'exode pendant lequel j'étais né, les autos s'étaient raréfiées, les chauffeurs se changeaient en cochers. Noire dès la nuit, la Ville Lumière s'était éteinte et le jour m'était accordé comme au cœur d'une éclipse, dans les ténèbres de l'Occupation. Jusqu'à huit ou dix ans, j'avais manqué de comparaisons. L'Amérique était loin, l'avant-guerre me semblait un rêve dont se berçaient les grandes personnes. À la queue devant les boutiques, en tout lieu ou à tout propos, elles reprenaient le compte de nos déboires, complétaient l'inventaire des regrets et vivaient dans un crépuscule dont, sans trop en souffrir, je faisais malgré tout mon aurore.

Grandissant dans les restrictions, j'étais l'enfant des pénuries. J'en garde, comme d'un pays natal, la nostalgie des attelages, des machines à vapeur, des chaussures à semelle de bois ou de la bougie qui vacille. Depuis, j'ai retourné deux fois ma veste. Est-ce seulement parce que j'ai vieilli que les néons nouveaux qui m'avaient ébloui me semblent plus tristes que des lanternes ? À vingt ans j'adorais la vitesse, j'admirais les avions qui font le tour du monde. J'ai admis récemment qu'ils nous apprennent peu de chose, sinon ce que nous savions d'avance et que si l'homme s'emballe sur sa planète comme un écureuil dans sa roue, c'est pour mieux se cacher que sa conscience prend du retard.

Toujours est-il qu'en ce temps de ma prime jeunesse l'avenir me semblait bon à prendre. La menace d'une troisième guerre me faisait l'effet d'un chantage. Même si le samedi soir, au moment des actualités, le cinéma montrait son champignon, je ne croyais pas à la bombe atomique. Une fée, visiblement, nous avait pris en charge pour nous extraire enfin du vieux XIXe siècle. Elle nous projetait vers l'an 2000 que, l'âge aidant, j'ai pu atteindre, dépasser même comme un mirage. Dans l'intervalle, nous avons eu la lune dont nous ne savons quoi faire. Avant elle étaient venues les oranges que je n'avais jusque-là connues que par ouï-dire et qui étaient comme du soleil qu'on mange. Un jour, le pain que j'avais connu gris puis jaune était devenu blanc. Le boucher, l'épicier, le marchand de beurre servaient à volonté. Ils ne voulaient plus voir nos tickets de rationnement que ma mère, parce qu'on ne sait jamais, garda longtemps dans un tiroir comme d'autres leurs emprunts russes.

Un soir, mon père était revenu, harassé mais guilleret, d'une de ses livraisons. Nos fenêtres étaient ouvertes et, par-dessus les toits, arrivait une clameur exaspérée de klaxons et de trompes dominant la rumeur continue des moteurs. En bas de chez nous, des gens couraient pour aller au spectacle. Personne n'avait plus vu d'embouteillages depuis l'exode. La place Clichy était bloquée et la queue des bagnoles impatientes se prolongeait, paraît-il, depuis la Fourche jusqu'à Pigalle ou Rome. En nous décrivant la pagaille, mon père avait l'œil qui brillait. Promesse d'un temps nouveau où régnerait l'abondance. J'imagine qu'en 1830 un artisan du faubourg Saint-Antoine avait le même accent parigot d'étonnement et d'espoir pour décrire à sa femme et son gosse la construction des barricades dans son quartier de la Bastille.

Juin touchant à sa fin, l'année scolaire battait de l'aile. En ce temps-là, j'étais maigre et fragile. J'avais la tête et les genoux gros. Comme ouvrier on me voyait sans avenir. Encouragés par les instituteurs, mes parents m'avaient dirigé vers des études qu'on disait longues et j'avais obtenu mon entrée en sixième. Pour autant, la partie n'était pas gagnée. De trimestre en trimestre, les rares qui, comme moi-même, étaient admis dans l'enseignement secondaire devaient encore lutter pour ne pas être exclus, renvoyés vers l'apprentissage. Dix de moyenne suffisait néanmoins pour éviter la honte d'un bannissement et obtenir sinon des félicitations tout au moins un non-lieu au tribunal incontesté des professeurs.

Un calcul de mes résultats venait de me rassurer sur mes chances de passer dans la classe supérieure. Avec trois de mes pareils, j'avais fui l'ombre des salles de permanence pour goûter le soleil du dehors. Le lycée nous laissait quartier libre et, balançant à bout de bras une lanière qui retenait nos livres, nous marchions, sans cartable, sur le boulevard des Batignolles.

Heureux temps de Paris où n'importe quel conducteur de Traction, de 202 ou de Simca huit se garait encore sans peine devant sa porte ou face à son marchand de journaux pour y acheter *Combat* ou *Paris-Presse.* Les agents avec leur sifflet me paraissaient ridicules comparés aux shérifs. Aujourd'hui, ils me manquent comme ils manquent au Paris où Gene Kelly chantait sur ses claquettes. De même les autobus, les vrais, s'en sont allés. Ils avaient des yeux jaunes de dragons, des ailes de tôle et une plate-forme où on sautait au vol. Des percherons livraient encore la glace en pains. De bistrot en bistrot, le nez dans un sac d'avoine, ils attendaient le livreur qui s'envoyait sur le zinc un blanc sec offert par le patron. Mais c'est à l'aube, heure des laitiers, qu'ils étaient beaux à voir, attelés en paire à un char de bidons. Crinière au vent, arrachant des éclairs aux pavés, ils menaient au grand trot leur carillon roulant sur les ponts du chemin de fer, avalés puis rendus par la fumée des trains de Saint-Lazare. De nos jours où sévit l'hygiène et le principe de précaution, lorsque la Garde républicaine revient de l'Arc de triomphe, une machine balayeuse suit la queue des montures. Au mépris du panache, la France veut être aux normes et sans odeur, mais je peux témoigner avoir vu du crottin vraiment dans les rues de Paris, dernier vestige du temps des mousquetaires.

Évadé du lycée avec Beudot, Grimbert et Clairembart, je remontais vers la grande librairie nouvelle installée place Clichy, premier magasin de France à disposer d'une porte s'ouvrant d'elle-même par la magie d'un œil électronique. Ce prodige ordinaire des centres commerciaux a désormais perdu son enchantement. Il était neuf alors, inspiré semblait-il d'un film de Jean Cocteau. Assis, face à la clientèle, Alain Bombard, « naufragé volontaire », signerait bientôt son livre dont les ventes mettraient en veilleuse celles de Sartre et de Camus pourtant à la crête de leur gloire. Bombard dont toute la France parlerait... nous dirions que nous l'avions vu près de son radeau gonflable exposé en devanture. Il semble qu'il ait sombré depuis. Au rayon des scolaires, les deux autres surnagent.

Sous les arbres du boulevard, un groupe d'hommes discutait avec des airs de connaisseurs. L'un d'eux, d'un doigt replié en marteau, faisait sonner la tôle d'une Ford toute neuve, « la Vedette », garée près du terre-plein. On l'avait vue dans les journaux. Dos rond et phares incorporés, elle avait pour calandre une bouche lippue soulignée par des chromes. Pour singer les américaines nous avions bien la 4 CV, cette naine, mais la grosse carrosserie qui s'offrait à nos yeux et qui, en plein Paris, se voulait digne de la Cinquième Avenue avait plus d'ambition. Demi-prolos du XVIIe arrondissement, nous admirions, envieux, ce prototype provisoirement réservé à l'élite. Nous avions le sentiment vague que l'Atlantique rétrécissait. L'avenir venait à nous, plaçant la France dans la banlieue de New York. Après la guerre, c'est l'après-guerre qui rendait l'âme. Tournant le dos à Staline, nous faisions le premier pas dans l'avenue des trente glorieuses.

En attendant, nous restions Parisiens et Paris nous appartenait. De boulevard en avenue, nous marchions à n'en plus finir, plongeant par la rue d'Amsterdam vers le quartier de la Madeleine. Aux berges de la Concorde, nous regardions le chasseur du Crillon en uniforme de larbin. Déférent, il ôtait sa casquette dorée pour les voitures de luxe d'où s'extrayaient des chauves cossus, des vieilles fardées et décolletées qu'il menait par le tapis rouge vers la porte à tambour. Puis redressé, superbe, il hélait un taxi qui, docile et toute gouaille en berne, se rangeait au trottoir. Fils d'ouvriers en bleus et d'employés modestes, nous apprenions sans frais la hiérarchie sociale.

Nous hésitions encore à traverser la Seine. Au-delà, c'était Saint-Germain, le Panthéon et la porte d'Italie, autre moitié d'un monde sans fin. Tournant par la rue de Rivoli, nous repartions, curieux et inlassables. Nous coupions les boulevards et remontions par la rue Blanche sur l'épaule de Montmartre pour tomber dans la rue Damrémont où Jean-Paul Clairembart habitait avec sa famille. Ils étaient quatre enfants. La mère était concierge, le père plombier-zingueur. Tiers-monde d'un Occident encore colonialiste que les photographies de Doisneau nous remettent en mémoire. Au rez-de-chaussée sur cour qu'ils habitaient à six, les Africains eux-mêmes ne voudraient plus être heureux.

Son dernier sur les bras, la mère de Clairembart nous offrait le café au lait, puis proposait comme un plaisir d'aller derrière la zone voir l'immeuble où bientôt, et grâce à un passe-droit que lui valait son nombre, la famille aurait un logement avec salle de séjour, vide-ordures et baignoire-sabot.

Pauvre encore, la patrie était riche d'espérances. Occupée à rebâtir, elle n'avait pas le loisir de s'offrir des scrupules ou d'héberger ses hontes. La femme se contentait des Droits de l'homme. On divorçait rarement. Les vacances se passaient chez les cousins de la Creuse. La famille allait au ciné, paroisse où elle avait ses habitudes. Prenant la vie comme elle venait, elle acceptait d'avance le programme de l'affiche ou s'offrait le Gaumont Palace en faisant pour *Manon des sources* la queue deux ou trois heures par-dessus le cimetière de la rue Caulaincourt. Au Météore, à deux pas de chez nous, nous avions vu la *P... respectueuse.* Le message qu'en retenait ma mère est qu'une femme, même la plus méprisée, pourvu qu'elle soit américaine, peut disposer chez elle d'un réfrigérateur. Française encore, quand juin chauffait trop le zinc sur notre quatrième, elle faisait couler l'eau de l'évier sur la cloche de son beurre qui se changeait en huile.

La Ford Vedette pouvait bien jouer la P... sur le boulevard des Batignolles, nous nous contentions de prendre le train pour aller tous les mois visiter tante Léone à l'hospice de Saint-Just. Papa disait qu'elle était folle, ce qui faisait pleurer maman parce qu'elle l'avait recueillie pendant la Première Guerre mondiale. À la Seconde ce fut moi. Je me rappelle ses poules qui picoraient dans mon assiette. Elle aimait peu mon père qui n'avait pas de moustache. Elle l'accusait d'avoir perdu la guerre.

« C'est pas de sa faute, lui expliquait ma mère. D'abord, la guerre, on l'a gagnée.

– On l'a perdue.

– On l'a gagnée, Léone. La preuve : les Allemands sont repartis.

– Les Allemands, ça c'était des hommes. Une fois, il y en a un qui m'a remonté ma brouette du lavoir.

– N'importe qui peut pousser une brouette.

– Vieille et moche comme j'étais !... »

Elle haussait les épaules :

« ... un Français n'aurait pas osé. »

Avec Léone, personne n'avait le dernier mot, et surtout pas mon père. Elle disait que je lui ressemblais, mais pour m'en consoler elle me faisait des omelettes avec les œufs que ses poules pondaient dans son panier à linge.

Un jour, à la fin d'une de nos visites à l'hospice de Saint-Just, au lieu de revenir vers Paris, nous avions pris la micheline du Tréport et j'avais vu la mer. On m'avait affirmé qu'à l'exode j'étais allé jusqu'en Bretagne mais je n'en gardais aucun souvenir, ayant fait le retour dans mes langes après l'aller au ventre de ma mère. Mon père était au front. C'est mon grand-père qui, pour m'inscrire à Saint-Brieuc, avait dû prendre un bateau de pêche piloté par des vieux de sa classe. L'événement avait été fêté au cidre avec nos hôtes et l'équipage. Mon grand-père Adrien, ex-allumeur de réverbères, vivait là ses premières et ses dernières vacances dues à l'avance de la Wehrmacht. Nous nous étions promis de retourner en Bretagne. Breton que je suis, bien que conçu rue des Dames, je me dois de la revoir un jour.

Toute la France que j'avais parcourue se limitait surtout à la rive droite de la Seine et au nord de la Loire. À l'école de la rue Truffaut où on m'avait inscrit, les maîtres avaient des règles pour taper sur nos doigts. On nous mettait au coin, à genoux, mains sur la tête. Certains croiront que j'exagère ou que la vie était triste. Comme le tissu manquait, nous ne portions que des culottes courtes et des blouses noires taillées dans les rideaux de la défense passive. Ainsi vêtus, nous apprenions par cœur des fables entières, nos tables de multiplication et les cours d'eau de la France : « l'Allier, affluent de la Loire, grossi de l'Alagnon ». Également nos départements ou les comptoirs des Indes. Sans y avoir mis les pieds plus qu'à Pondichéry, ni même imaginé que je le ferais un jour, je connaissais l'existence du Puy-de-Dôme, chef-lieu Clermont-Ferrand, sous-préfecture Issoire… L'un des maîtres que j'avais, alerté par mes capacités dont il semblait me faire grief, déchirait les dessins dont je couvrais déjà toute feuille à ma portée. Au lieu de jouer aux récréations, je devais faire, sous sa surveillance, des suppléments de divisions à virgule et de conjugaisons du subjonctif. Mes rêveries qu'il appelait paresses lui étaient haïssables.

Plus qu'une gloire, le succès de mes études me semblait une fatalité pour ne pas dire un handicap et j'aimais, mieux que la classe, l'atelier de mon père où je passais mes jeudis. Aussitôt mes devoirs finis, je quittais le logis des toits. Je prenais soin de ralentir au deuxième étage habité par la propriote qui se plaignait de mes cavalcades ajoutées au bruit du marteau et au miaulement de la raboteuse. Lorsqu'il y avait une livraison à faire, je poussais la charrette à deux roues. Mon père s'attelait aux brancards. Il remontait la rue des Dames et traversait l'avenue de Clichy pour attaquer Montmartre. Si, au contraire, il passait la tranchée du chemin de fer bordée par la rue de Rome, il lançait par-dessus l'épaule :

« On va chez les rupins ! »

Je n'avais pas honte de dire qu'il était menuisier. J'étais même fier de son travail, occupation dont il faisait peu de cas et qu'à peu de jours d'une mort prématurée il regarderait encore comme provisoire.

« Dans la vie, me répétait-il, on ne fait pas ce qu'on veut. Quand on arrive à faire ce qu'on peut, il ne faut déjà pas se plaindre. »

Il m'offrait son exemple. Son métier, il l'avait appris chez un fabricant de cercueils. Par un goût refoulé du costume et de l'apparence, son rêve aurait été d'entrer aux pompes funèbres. On l'avait refusé à cause de son accent des Batignolles et de certaines plaisanteries qui lui venaient à la bouche, le tout sonnant moins bien dans les allées du Père-Lachaise qu'aux trottoirs de la Fourche où il vendait *L'Humanité Dimanche*. Par dépit, il votait à gauche.

Mon père menuisait malgré lui, pourtant j'aimais jusqu'aux copeaux qui sortaient de sa varlope. Je ramassais les chutes de hêtre tombées sous l'établi. S'il était de bonne humeur, j'osais lui emprunter ses ciseaux et ses gouges dont il fallait respecter le fil qu'on affine sur une pierre. Le bois aussi avait son fil. Respecté pareillement, il se faisait docile et complice du travail. On eût dit qu'il rêvait avec vous d'être un peu plus qu'un morceau d'arbre mort. Ayant reconnu ce principe, je m'exerçais à la sculpture. Je prenais à contre-courant le goût nouveau des placages lisses et j'attaquais dans l'épaisseur pour créer des feuillages en guirlandes et des corbeilles de fruits sous l'œil de mes parents dubitatifs. Eux cultivaient pour moi de plus hautes ambitions que le travail manuel, ainsi s'égarent les savoir-faire et s'oublient les noblesses d'un peuple moins victime des modernités que du peu de considération qu'il s'inspire à lui-même.

Entre-temps, comme beaucoup de mes copains de classe, j'absorbais toute lecture, recommandable ou non. Nous dévorions tous les feuilletons et même des livres entiers que les enfants du XXIe siècle – nés sur échographie, bercés, instruits par les écrans – lisent plus rarement et par obligation. Contrairement à eux, nous souffrions d'un déficit d'images. Or la bande dessinée nous était interdite. Au lendemain d'une hécatombe mondiale, quand les violences de Roland à Roncevaux ou d'Ulysse à Ithaque bénéficiaient d'une grâce académique, les héros que nous préférions étaient jugés nocifs, capables de réveiller en nous un instinct destructeur. Pour en chasser Tarzan, on fouillait nos cartables à la porte de l'école.

Nos journaux illustrés dont s'inspirent aujourd'hui les manuels et que les connaisseurs s'arrachent nous étaient confisqués et détruits sans égards. L'idée nous était venue de les reproduire, après la fouille, directement en classe. Sur des dos de prospectus, seul papier dont nous disposions, nous dessinions de mémoire Zorro ou le fantôme du Bengale qui circulaient sous les pupitres. À défaut de modèles, pendant les longues études du soir, nous inventions nos propres personnages que nous lancions, jour après jour, dans de nouvelles aventures plus ou moins inédites. Scénariste et illustrateur, j'expédiais mes devoirs pour revenir plus vite à mes héros dont une chaîne d'abonnés réclamait les exploits. Dans la tiédeur de ses radiateurs, la salle qu'on pouvait dire studieuse y gagnait en tranquillité. Bonheur des soirs d'hiver. Au-delà des vitres et des platanes qui jalonnaient la cour, dans un Paris frisquet et feutré de brouillard, les vendeurs de journaux criaient les derniers titres mêlés à un concert lointain de moteurs et de klaxons que renforçait la trompe du 66. Alerté par un rire, l'instituteur de garde nous surprenait parfois. Intercepté entre deux tables, le feuilleton du jour, réduit en boule, filait droit au panier. Destin banal des œuvres méconnues, nées trop tard ou trop tôt et qu'à titre d'excuse, pour faire valoir nos droits au Paradis, nous irons repêcher dans les corbeilles du Purgatoire.

Tant au lycée qu'à l'école communale, un mois passait rarement sans contrôle médical. Chaque petit Parisien d'après-guerre était suspect de carences ou de tuberculose. Nous faisions la queue en slip dans des couloirs ripolinés. Un jury de blouses blanches nous sondait les poumons et inspectait nos dents, palpait nos membres et nos vertèbres accusées de scoliose. Quelques années plus tard, la médecine militaire nous laverait de tout soupçon pour nous reconnaître aptes au service armé et bons pour l'Algérie. En attendant, on nous radioscopait, on nous inoculait. On nous voulait sportifs et enthousiastes comme de jeunes miliciens. Chaque semaine nous prenions le métro jusqu'à la porte Dauphine pour le plein air obligatoire. Des professeurs équipés de sifflets nous faisaient suer sur des pistes, marquer des buts, sauter des élastiques et jeter des boules de fonte.

J'avais fini par prendre en grippe les loisirs encadrés. À la fin de ma cinquième, j'avais refusé tout net de partir une fois de plus en colonie de vacances. Je sortais pâle d'une scarlatine. Le médecin avait dit que Paris ne me valait rien, qu'il me fallait d'urgence respirer l'air de la mer ou de la montagne. Mon refus contrariait mes parents. De plus, affiliés qu'ils étaient à Tourisme et Travail, ils avaient retenu leur petit voyage annuel. Déjà, ils avaient fait l'Alsace et le gouffre de Padirac. Cette année, pour la première fois, ils devaient voir la Côte d'Azur : Menton, le vieux Nice et la Croisette. Je ne voulais les priver de rien. Ma mère qui travaillait revenait tard dans des métros bondés, mon père s'éternisait dans l'atelier et j'avais plus d'une fois prouvé que je pouvais faire cuire les pommes de terre ou les pâtes Lustucru sans oublier d'éteindre le gaz. Ils pouvaient s'en aller tranquilles.

Je me réjouissais déjà de rester seul, sous les toits, rue des Dames où je pourrais lire jusqu'à minuit. Le matin, jusqu'à 10 heures, je dormirais dans le lit de mes parents plutôt que dans la salle à manger où j'avais un divan qu'il fallait déplier chaque soir. Je disposerais de toute la table pour étaler mes journaux pleins d'images. Un imprimeur, ami de mon père, me fournissait maintenant en feuilles de rebut où, sans économie, je pourrais m'exercer à dessiner le cheval de Red Ryder, le cow-boy roux, ou les mustangs de Sitting Bull.

Personne ne contestait mes dons d'artiste. Mon père avait montré quelques-unes de mes réussites dans un café de la rue Brochant où il lui arrivait de taper une belote. Le petit monde des Batignolles ne savait pas plus que moi ce qu'étaient les impressionnistes, qui pourtant avaient eu, avenue de Clichy, un rendez-vous que je découvrirais plus tard. De même, nous ignorions Bonnard qui, au début du siècle, avait peint au café du *Petit Poucet*, à l'angle de la rue Biot. Il était malgré tout notoire que la vie des artistes, nourrie de vache enragée, était tout sauf prospère. Dans le cœur des ouvriers où rêvait un bourgeois, la bohème signifiait misère, elle n'avait pas bonne cote.

Une espèce de conspiration englobant mes parents, leurs amis et mes maîtres avait fini par insinuer que mon plus sûr intérêt était de devenir dessinateur industriel. Mon père s'était fait une relation en la personne d'un laveur de carreaux du quartier de l'Europe, lequel nous avait introduits, rue de Milan, dans un cabinet d'architecte. Là j'avais vu à l'œuvre quelques esclaves du trait attelés à leur table avec la règle, l'équerre et le compas. J'en étais ressorti accablé avec le sentiment qu'on peut être incompris par ceux mêmes qui vous veulent du bien.

Vendeuse au Bon Marché, ma mère rentrait chaque soir vers les 8 heures, fatiguée des clientes tatillonnes auxquelles elle avait dû sourire et d'avoir piétiné sans permission de s'asseoir. Si j'entendais son pas montant nos quatre étages, je descendais à sa rencontre pour lui porter ses provisions achetées aux boutiques de la rue ou, l'hiver, les ligots, petits fagots trempés dans la résine qu'on nous vendait chez l'Auvergnat du coin et qui rallumaient le Godin trônant dans la mansarde. Il faisait ses affaires, l'Auvergnat. On prétendait qu'il avait mis son fonds en vente pour dix millions, somme mirifique, avant de rentrer dans son pays où déjà l'attendait sa maison qu'il avait faite construire d'avance. Mais qui, sauf lui, aurait quitté Paris pour habiter l'Auvergne ? De ce fou de travail, nous ne connaissions que les yeux, blancs sous le sac noir dont il se faisait un capuchon pour descendre nos « boulets » à la cave.

En ce soir du début d'été, je rentrais de Saint-Ouen, banlieue presque exotique, où j'avais vu l'immeuble collectif qu'on achevait pour les Clairembart. Il faisait chaud – trop chaud – sous le zinc des toitures. Seule la fonte du Godin gardait un semblant de fraîcheur. Ma mère, rencontrée dans la rue, ne m'avait pas demandé d'où je revenais si tard et poussiéreux. Une pensée l'occupait. Le cri des hirondelles rasait la fenêtre de la cuisine grande ouverte sur la cour. Mon père, en bas, terminait une commande. Nous entendions, montant de l'atelier, lui aussi aéré de part en part, le chuintement de sa ponceuse.

Silencieuse face au robinet, ma mère nettoyait des radis, genre de besogne qu'elle expédiait d'ordinaire en chantant ou en nous racontant ses derniers démêlés avec monsieur Francis, chef du rayon lingerie, dont elle repoussait les avances. Depuis que mon père avait dit : « Ton monsieur Francis, je vais aller lui casser la gueule », elle ne se confiait plus qu'à moi. Qu'elle se tût ce soir-là si longtemps signifiait qu'elle avait quelque chose de plus gênant à me dire. C'est quand, ayant mis le couvert, j'allais allumer le poste éternellement réglé sur Radio-Luxembourg qu'elle s'était décidée à prendre la parole :

« Si tu ne veux plus de la colonie, qu'est-ce que tu dirais d'une ferme ?

– Une ferme, mais pour quoi faire ?

– Pour passer tes vacances. Monsieur Georges, le responsable du Comité, m'a dit que c'est justement ce qu'il te fallait, vu que c'est à la montagne.

– J'aime autant l'air d'ici.

– Il reste encore une place. Il me la garde jusqu'à samedi.

– Dis-lui de la donner à un autre.

– Jacquot, tu nous emmerdes. »

En bas, dans l'atelier, la ponceuse s'était arrêtée et j'entendais mon père qui montait une à une les marches. À tout hasard, j'avais cru bon de me renseigner :

« Une ferme... avec des chevaux ?

– Forcément oui, puisqu'on te dit que c'est une ferme. »

II

Le Voyage

UN MATIN DE LUNDI, jour de repos des magasins, nous avions, dès 6 heures, pris le métro à Rome. Plutôt que celle de la place Clichy, ma mère préférait cette station. À Rome, la poinçonneuse qui s'appelait Marie-Jeanne était une de ses connaissances datant de l'école des filles des Épinettes, quartier qu'elle avait dû quitter pour suivre mon père aux Batignolles.

D'une manière analogue, ma mère avait dans ses relations une ouvreuse du Clichy Palace, cinéma permanent où nous aimions aller le dimanche. En raison de la queue, nous manquions les actualités, parfois même le documentaire que nous pouvions toutefois revoir après la fin du film et même le film lui-même, une deuxième fois, pour peu qu'il nous ait plu et que mon père, ce désenchanteur, n'attrape pas de fourmis dans les jambes. Chaque fois, Denise l'ouvreuse, nous ayant pris en charge depuis la caisse, nous parlait de ses problèmes en nous guidant avec sa lampe de poche qui éclairait pour nous les marches. Le public, invisible mais présent, faisait « chut ! » dans le noir. Denise, pour nous, trouvait toujours une place ni trop près ni trop loin de l'écran. Au besoin, elle faisait bouger des gens pour que nous nous retrouvions sur trois sièges côte à côte.

Marie-Jeanne avait dit que nous devrions changer à Stalingrad, c'était aussi l'avis de Pâquerette, la poinçonneuse de l'autre quai avec laquelle, dans l'intervalle des rames et par-dessus les voies, elle entrait en conversation. À cette heure matinale, nous étions les premiers voyageurs. Nous nous sentions un peu chez nous. Avec des amitiés dans le métro ou au cinéma, j'avais le sentiment que nous disposions, au moins sur la rive droite, d'un Paris sur mesure.

Finalement nous avions entendu la rame qui arrivait de Villiers, vide encore depuis Dauphine, sur un parcours bourgeois où nul ne se levait si tôt. Elle s'était arrêtée spécialement, avait déployé pour nous seuls tout le concert du freinage, puis des chuintements d'air comprimé, hoquets, claquements des portes, le tout s'achevant à l'instant du départ par le signal sonore du chef de train en casquette blanche. Venait ensuite le ronron de la motrice plongeant sous l'arche du tunnel. Tous ces bruits ont été changés, les poinçonneuses et le chef de rame ont disparu, et même le conducteur sur certains trains fantômes, mais le métro sort toujours en gloire de la station Anvers pour monter vers Barbès-Rochechouart où Carné a placé *Les Portes de la nuit,* portes qui s'ouvraient pour nous, ce matin d'un long jour, sur une aurore dorée frottant à notre gauche le casque et les clochers du Sacré-Cœur.

Le métro de maintenant pousse encore dans les courbes une longue vocalise qui est le chant de la ville. Malgré ses détracteurs, à l'instar de la tour Eiffel, il est tout de même une réussite pareille à ces enfants dont leurs mères n'avaient pas voulu, qu'elles avaient jugés laids, mais que plus tard elles aiment. On avait tué le tramway ; si de nos jours on le ressuscite et si l'école revient au B A BA c'est qu'il n'y avait rien de tellement mieux à faire. Il faut savoir ne pas toucher aux choses qui ont su faire leurs preuves. Trop souvent nous renions un bien pour un mieux qui est son ennemi, et la modernité multiplie les machines, mise sur leurs performances pour oublier son impuissance à faire avancer l'Homme.

Dans la crainte d'être en retard, nous nous étions levés bien avant l'heure et nous étions arrivés les premiers en nous demandant si nous faisions erreur, nous trompant de gare ou même de jour. Les départs pour l'Auvergne se font maintenant de la gare de Lyon. C'est, si j'ai bonne mémoire, sur un quai de la gare d'Austerlitz qu'on nous avait tous convoqués ce lundi-là avec le sac de scout ou la valise d'aluminium. J'avais, pendu à ma ceinture, un couteau suisse avec scie, ouvre-boîte et poinçon, plus une demi-douzaine de lames dont une seule me servait, un mois par an, durée de chaque colonie, pour jouer à la pichenette tant que durait la sieste qui se faisait sous des arbres.

Dans le cortège des parents finalement apparus, ma mère retrouvait des collègues. Ils formaient comme une grande famille dispersée dans Paris ou dans la proche banlieue, espèce de cousinage professionnel avec ses familiarités et ses rancœurs. J'examinais chaque arrivant nouveau à qui, sans paraître ennuyer personne, ma mère confiait une fois encore qu'elle n'avait pas dormi de la nuit dans la crainte d'être en retard.

Ces rencontres m'étaient une surprise. Le plus souvent, à force d'être informé chez nous de leurs petites histoires, je m'étais fait une idée des personnes. Elle cadrait mal avec leur apparence tout à coup révélée. Comme les garçons de la communale, beaucoup des employées – vendeuses, caissières, serveuses du salon de thé – se désignaient entre elles par leur nom de famille. De manière imprévue, Maigret était une ronde boulotte et Lejeune une vieille fille qui avait adopté un neveu, orphelin des bombardements. Pour rectifier l'image que je m'étais faite d'avance de celles ou ceux qu'on me présentait à mesure de leur apparition, il me fallait un temps pendant lequel je prenais sans doute un air trop étonné car ma mère me faisait ses reproches. En me poussant vers monsieur Francis, elle m'avait fait la leçon :

« On va te prendre pour un arriéré. Dis bonjour quand on te tend la main. Si vraiment tu ne sais pas quoi pas dire, tâche au moins de fermer la bouche. »

Monsieur Francis que, dominant mes impressions, je m'étais efforcé de saluer correctement, avait gardé sa main dans la poche d'un blouson élégant, en daim ou en suédine, à boutons de corne, acheté, savait-on, en Espagne. Il m'avait observé de loin, avant d'ironiser :

« Voilà donc le fameux Jacquot ! »

J'en déduisis que, comme de lui chez nous, on parlait de moi souvent sous les lustres du magasin.

D'après ce que voulait bien en dire ma mère, j'avais toujours imaginé monsieur Francis comme une sorte de vicieux, tatillon et chafouin, qui ne la laissait jamais tranquille. Tel qu'il m'apparaissait maintenant, au-dessus des vapeurs rasantes lâchées par une locomotive qui arrivait en gare, il avait l'air d'un dieu de l'Olympe, version américaine. Sans cravate mais avec le foulard de soie noué dans le col de sa chemise, il assumait très bien sa supériorité sociale et demeurait, sur ce quai de gare, chef du rayon lingerie. Sans plus ni moins de prétention qu'il n'était nécessaire, il souriait sous une moustache fine, frangeant ses lèvres à la manière de Clark Gable dans *Autant en emporte le vent,* film que ma mère avait revu deux fois pendant que mon père s'offrait le Parc des Princes. Contrairement à ceux de maintenant où, sitôt évadés des contraintes de l'emploi, on ne les voit plus, sans distinction de caste, qu'en tongs et short l'été, l'hiver en doudoune et baskets, les hommes d'alors avaient encore leur coquetterie d'époque, repérable au chapeau ou à la coupe de cheveux, ou, chez les ouvriers, à une façon très parisienne d'incliner la casquette et d'écarter, le dimanche venu, le col d'une chemise claire sur celui du veston pied-de-poule ou bleu pétrole.

Monsieur Francis amenait un grand garçon élevé surtout par la mère de sa femme défunte et qui s'appelait Louison, nom qui, avant Bobet, me semblait fait pour les filles. Âgé de seize ans, Louison partait pour la quatrième fois. Il aimait paraît-il l'Auvergne. Homme déjà et, à mes yeux, modèle du genre en version juvénile, il avait vite quitté son père et notre groupe pour rejoindre quelques connaissances des années précédentes.

Monsieur Georges, responsable du Comité, avait procédé à l'appel et nous étions partis, en rang par deux, vers un wagon lointain. Ma mère, dans un sourire mouillé, m'adressait le dernier au revoir. Pour se faire pardonner, elle avait enfoncé dans les poches de mon sac tous les illustrés que j'aimais et que, abusant de sa faiblesse, j'avais choisis nombreux aux boutiques de la gare. En plus de *Placid et Muzo,* compères inépuisables de *Vaillant,* « le journal le plus captivant » auquel par conviction de gauche nous étions abonnés, j'emportais *Coq Hardi, Tarzan, L'Intrépide* avec Bugs Bunny et *Le Journal de Mickey,* plus des albums de poche de Guy l'Éclair, que les connaisseurs de maintenant, intellos d'Angoulême, veulent appeler *Flash Gordon.*

Commençant à 7 heures du matin, le voyage en troisième classe promettait d'être long. Un accompagnateur devait nous surveiller. Il avait exigé que nous restions assis et interdit d'ouvrir les fenêtres. Après quoi il avait disparu, nous livrant aux délires d'une liberté relative dans un wagon qui paraissait nous être réservé et d'où lui-même, comme tout autre voyageur atteint par l'âge adulte, avait fui vers le calme.

Avant Nevers déjà, nous avions englouti nos provisions de bouche prévues pour la journée. Il faisait chaud et soif. Je me rappelle avoir eu, au cours de ma croissance, des besoins de boire irrépressibles que je n'ai plus connus depuis. Si nous arrêtions dans une gare, nous descendions remplir nos gourdes. Ignorant le chef et son sifflet, nous nous battions au robinet avant de courir quand le train, sifflant plus fort, faisait mine de repartir sans nous. Pour rejoindre nos sacs, de wagon en wagon, il nous fallait longer des séries de compartiments où les passagers au long cours lisaient, dormaient, saucissonnaient sans bruit.

J'avais fini par m'installer dans le filet à bagages d'où je pouvais me pencher pour mieux voir la locomotive à la faveur des courbes. Pathétique et comme ivre d'elle-même, elle hurlait pour la gloire et crachait sa fumée, généreuse d'escarbilles. Jamais aucune machine dédiée à la vitesse ne m'a fourni depuis de sensation si forte. À cette époque, les voies étaient encore bordées de poteaux doubles, chargés de grands râteaux d'isolateurs qu'un élan inverse du nôtre avalait dans l'espace. D'un geste perpétuel, ils paraissaient peigner des câbles en festons, lesquels plongeaient et remontaient sans fin, cardant la blanche vapeur du train dont ils éparpillaient les mèches sur le vert des campagnes.

Périodiquement le convoi ralentissait pour traverser un fleuve ou une rivière dont il fallait refaire les ponts brisés naguère par les armées de telle ou telle déroute et remplacés encore par des charpentes à voie unique. Du marchepied, nous questionnions les gardes-barrières pour savoir qui menait le peloton. Le Tour de France attaquait les cols. Je me rappelle que, en imitant sa voix narquoise et douce, nous chantions comme Henri Salvador l'indicatif des reportages radiophoniques :

Bon voyage, messieurs du vélo.
Bon voyage, gagnez le gros lot.

Ce petit air oublié, semble-t-il, de son interprète lui-même qui ne l'a plus chanté depuis cette année très lointaine, trotte encore dans ma tête au hasard des réminiscences, pêle-mêle avec ceux de Charles Trenet, Gilbert Bécaud ou de *La Traviata*. Comme certaines de nos impressions, les mélodies d'un jour ou d'une époque persistent en nous, fraîches à jamais sur leur chemin d'éternité. Un hasard les réveille.

Une gare qui s'appelait Clermont-Ferrand nous avait retenus plus longtemps. Notre wagon paraissait oublié avec deux ou trois autres qu'on avait finalement tamponnés, augmentés et attelés à deux locomotives. Un haut-parleur annonçait Nîmes et même Marseille, il était clair qu'on nous poussait maintenant, par des voies escarpées, sur l'autre versant de la France.

Je ne sais comment nous nous étions retrouvés débarqués à Issoire, vannés, hirsutes et charbonneux, braillant comme des conscrits :

Les vieilles dames, les marmots
Crient à tous les échos
Bon voyage, messieurs du vélo !

Encore en force, nous arrivions de Paris et tenions à le faire savoir, mais déjà on nous partageait avant de nous disperser. Deux autocars nous avaient pris en charge, l'un qui partait vers l'ouest, direction les Combrailles, l'autre – où j'étais – vers l'est et les hauteurs du Livradois, appellation qu'on n'avait pas jugé utile de mentionner, méconnue, semble-t-il, des habitants eux-mêmes qui se disaient auvergnats, éventuellement français. Ce terme géographique indiqué sur mes cartes m'apparaîtrait plus tard, beaucoup plus tard, quand j'aurais une voiture.

Imbue d'elle-même, la jeunesse est inculte, faiblesse qui rétrécit son champ et, du coup, fait sa force. Alors que nous quittions la gare d'Issoire, j'étais passé près du chevet roman de l'église Saint-Austremoine sans même l'apercevoir. Un autre souci m'occupait. De compagnons mieux informés, je venais d'apprendre que nous partions pour plus de deux mois, c'est-à-dire pour une durée double de celle des colonies de vacances. Je ne devais plus revoir Paris et mon quartier avant l'automne et la rentrée d'octobre. Pour ne pas s'exposer à mes protestations, ma mère m'avait caché la longueur du séjour pendant lequel je vivrais en exil et loin d'elle.

« C'est pour ton bien que tu pars, m'avait-elle répété en m'embrassant pour la quatrième fois. Tu nous reviendras costaud, avec de bonnes joues rouges. On t'enverra des cartes de Nice et, pour fêter ton retour, on se paiera un gueuleton chez *Wepler*.

– Avec des huîtres ?

– Avec des huîtres. »

L'une des idées que nous refusons obstinément d'admettre est qu'on puisse se passer de nous. Nous avons peine à croire que nos décors puissent exister en notre absence et que les êtres qui semblaient nous appartenir puissent avoir une vie propre. Mal préparé encore à profiter de cet enseignement, j'étais, dans l'immédiat, fermement décidé à détester l'Auvergne.

Quittant Issoire dont nous ne saurions rien, l'autocar et sa remorque qui contenait nos bagages avaient franchi un pont suspendu sur l'Allier. Le tablier de planches qui tanguait et qui fredonnait avait dû nous bercer car un sommeil brutal nous avait aplatis sur nos sièges. Le fait est que je ne vis rien des premiers monts, furoncles volcaniques qui élèvent sur des terres fertiles leur couronne de basalte. Après l'excitation du train, la fatigue et la déception me faisaient perdre le fil de mon nouveau destin. C'est par une parenthèse du temps que j'entrais inconscient dans un pays d'odeurs nouvelles, de couleurs plus profondes et de noms improbables qui, pour tout un été, chanteraient à mes oreilles dans un accent qui n'était plus celui des Batignolles.

Au-dessus de Sainte-Solange dont je n'avais rien vu, nous avions attaqué pour de bon la montagne. Une secousse plus puissante que les autres avait fini par m'éveiller et, malgré moi, j'ouvris les yeux. Vibrant de toutes ses tôles, le car rétrogradait en seconde et, d'un virage sur l'autre, poussait son nez dans une campagne rocheuse où, avec l'ombre des hêtres, alternait celle moins dense des pins cuivrés, brusquement déchirée par la lumière d'un champ bossu éclaboussé de coquelicots.

Pour laisser refroidir le moteur, on s'était arrêté à l'entrée d'un hameau, et c'est à peine si les pans de mur différaient de la roche d'où ils étaient sortis. Muni d'un broc, le chauffeur, en bras de chemise, avait pris l'eau d'un abreuvoir bordant la route. Doucement, il la versait dans son radiateur dévissé avec un chiffon. Un curieux qui, pendant les huit ans de sa courte existence, n'était jamais sorti de Belleville l'avait suivi dehors pour le regarder faire et poser ses questions :

« Elles sont où les montagnes ?

– Tu les as sous les pieds, mon pote ! »

Pareil à beaucoup d'Auvergnats, ce chauffeur connaissait Paris où peut-être même il était né lorsque ses jeunes parents s'y faisaient tant soit peu d'argent comme maçon et bonne à tout faire. À défaut de canotier, il avait la casquette sur l'œil.

Au moment où le moteur se remettait en marche, histoire de voir où nous étions, je m'étais levé sur mon siège pour me pencher dehors par la vitre en partie ouverte. Au-delà d'une murette de pierres grises entassées sans mortier, la campagne s'affaissait tout à coup. Vue de la route en corniche, elle plongeait dans un gouffre qui aspirait à lui les prés et d'épaisses frondaisons précipitées plus bas dans un moutonnement abrupt, quasiment vertical. Au fond, très loin, bouillonnait un torrent qu'on n'entendait qu'à peine.

Si, depuis que je hante à nouveau ces parages, je n'avais pas retrouvé ce petit toit du monde, hélas abâtardi de hangars agricoles et autres modernismes – crépis intempestifs, barrières et jardinières de ciment qu'on vend partout dans les banlieues –, je pourrais croire que je l'avais alors vu dans un rêve. À défaut de sommets neigeux, c'était l'idée vertigineuse qu'au travers de diverses lectures j'avais alors d'une cordillère des Andes dont les pilotes de l'Aéropostale négociaient les abîmes. En manière de condor, une buse qui planait à mi-pente jetait vers moi son cri sauvage.

Le responsable chargé de nous répartir nous précédait à bord d'une Juvaquatre. Prévenus par son klaxon, nos hôtes arrivaient de hameaux inconnus où nous irions dormir ce soir.

À Saint-Stéphène, première étape de la distribution, sept ou huit de nos compagnons nous quittèrent, l'air faraud. Ils allaient prendre leur sac ou leur valise dans la remorque du car et nous les regardions partir avec des femmes sans âge ou quelque homme noir comme un marchand de charbon qui poussait devant lui une vache ramenée du taureau. Il avait profité de l'occasion car le chemin était long entre le bourg et la ferme. À proprement parler, j'ignorais tout encore des tenants et des aboutissants. Les façons d'être et les motifs d'un monde rappelant celui de tante Léone me seraient expliqués par la suite. Pour le moment, je captais des images successives qu'une odeur ou un son perçus au même instant, puis retrouvés ailleurs un jour, tireraient de ma mémoire à leur suite.

D'autres vaches qui rentraient pour la traite s'arrêtaient à un abreuvoir et repartaient de leur propre initiative, mais d'un pas négligent et laissant cascader des bouses comme des flaques de goudron qui maculaient, sous un calvaire de bois badigeonné en rouge, la courte place de roche plate et de terre battue. Elles finissaient par s'enfoncer plus loin, sous l'arche d'une étable pareille à l'ouverture d'une grotte. Un chien soudain faisait du zèle et rompait la tranquillité en s'attaquant à une des bêtes qui, tournée, lui montrait ses cornes. Un scandale s'ensuivait ponctué de coups de bâton et d'anathèmes lancés dans une langue inconnue.

Du haut des marches bancales qui élevaient leur seuil, des femmes en tablier observaient le spectacle que notre arrivée leur offrait et qu'elles commentaient à distance avec des voix perchées qui portaient loin. L'habitude de parler aux troupeaux ou de s'interpeller d'un pré à l'autre les avaient exercées dès l'enfance à crier ce qu'ailleurs on murmure et qui, pour le moment, nous concernait sans doute. Elles riaient en nous regardant, sans cesser pour autant de s'occuper d'un enfant aux fesses nues ou d'éplucher, pour indiquer qu'elles n'étaient pas futiles, un légume qu'elles gardaient à la main.

Cette vie d'hier ou d'avant-hier mais dont je me rappelle comme datant de ce matin s'est éteinte aujourd'hui et les seuils de granit sont déserts. Les étables moisies sont closes, elles gardent leurs ténèbres dont les vers même n'osent pas troubler le silence. La petite place qu'anime, une fois par an, une fête de la brocante a été asphaltée. Ces femmes aux voix chantantes qui vivent dans mes souvenirs où elles n'ont pas trente ans sont des vieilles du quatrième âge à la maison de retraite de Sainte-Solange et leurs enfants ont fait bâtir, à l'extérieur du bourg, des villas de parpaings et de tuiles mécaniques, plaçant sur chaque pelouse, au profit d'un monde jeune, des balançoires et des piscines sécurisées.

L'autocar s'était remis en route derrière la Juvaquatre, unique voiture de son espèce qui circulât dans les parages. Debout à l'avant, Louison, en homme, discutait avec le chauffeur. Il se retournait pour crier aux gamins que nous étions des noms de fermes qu'il connaissait et où l'un de nous devait descendre. Périodiquement, il fallait patienter pour des bandes de vaches rouges occupant la chaussée. Encornées tel l'aurochs des grottes d'Altamira, elles freinaient notre caravane, et nous aurions été moins braves s'il nous avait fallu les croiser pied à terre.

J'étais surpris de voir qu'elles étaient menées non par des cavaliers du Far West ou de la Pampa mais des filles en sabots qui les invectivaient en leur fouettant les cuisses avec des tiges de coudre.

Poussant toujours plus loin, nous avions fait escale à Montméane et à Varenne-Saint-Roch où les mêmes scènes se répétaient chaque fois et où disparaissaient l'un après l'autre tous nos compagnons de voyage. Louison lui-même, sautant du car, était parti à une croisée de chemins. Seul, sans un regard pour nous, il avait pris son sac et s'était éloigné sous des hêtres. Nous restions quatre Parisiens dont le chauffeur, visiblement, espérait se défaire car il fonçait dans un sous-bois obscur où l'entraînait la Juvaquatre, elle-même pressée de regagner la ville.

Distribués au hasard des campagnes, c'était chacun pour soi ou à la grâce de Dieu. De Paris, nous étions partis à des fins sanitaires mais, au bout du voyage, l'époque s'avérait moins regardante sur les conditions de vie et les normes de la sainte hygiène. Si beaucoup de familles paysannes prenaient des Parisiens pour égayer plus ou moins leurs routines en des temps sans télévision, d'autres nous accueillaient comme une main-d'œuvre d'appoint en période de moisson où toute aide était bonne à prendre. Rude encore, le pays où nous entrions nous traitait comme lui-même. Je lui suis trop redevable pour me plaindre de la vraie distance qui existait alors entre la ville et la campagne, chacune méprisant l'autre au profit symétrique des deux comparaisons. Le nivellement qui s'est opéré depuis n'a pas produit de meilleurs repères. La médecine peut nous prolonger et l'information nous instruire, nos raisons d'exister sont plus confuses encore.

Débarqué, sac au dos, à Saint-Génis-la-Tour, je ne voyais plus personne que je puisse reconnaître. Avant de suivre l'autocar, l'homme de la Juvaquatre m'avait montré une femme vêtue de sombre, âgée de soixante ans au moins et qui tenait son chapeau à la main, une main maigre et un chapeau ocre, à large bord et ruban noir. Contrairement à d'autres paysannes que je verrais et qui gardaient le chignon d'avant quatorze, ses cheveux étaient courts derrière et rabattus sur les oreilles selon une mode d'entre-deux-guerres rapportée de la ville. Elle m'avait entraîné vers une petite boutique dont la porte où tintait un grelot était plus large que la vitrine. D'autres vieilles étaient assises là, sur plusieurs chaises de paille alignées sous un étagement de boîtes et de bocaux. Ainsi elles reprenaient haleine avant de remonter vers leur colline, s'accordant le temps d'échanger des nouvelles. Elles comptaient mentalement leur argent tandis que leurs regards erraient sur l'empilement des provisions dont semblait maçonné ce menu magasin, bas sous son plafond sombre où pendait une ampoule. Parfois, elles se levaient pour ajouter un paquet de sel ou du papier tue-mouches au contenu de leurs cabas. Sans interrompre les paroles dont le sens m'échappait et que relevaient des rires et des piaillements, la marchande ajustait ses lunettes pareilles à des binocles, pesait du riz sur sa balance de cuivre ou emplissait un litre qu'on lui tendait, spécialement apporté, avec une huile épaisse qu'elle tirait d'un tonneau. Elle avait nommé « Jeanne » la femme qui m'avait amené et qui choisissait des semences rangées en sachets de couleur sur le même tourniquet qui servait pour les cartes postales. Jeanne, sans s'asseoir, répondait à ma place aux questions que je tardais à comprendre et que les vieilles, depuis leurs chaises, me posaient avec complaisance. Comme aux grèves où la mer oublie ses coquillages, elles vivaient dans un monde qu'ignoraient le flux et le reflux des modes. Pétries de rides où saillaient leurs pommettes veinées, elles portaient des chapeaux à petit bord, qu'on aurait dits de deuil, noirs comme leurs bouches sans dents. Si l'une d'entre elles se levait, décidée à partir, elle s'approchait de Jeanne pour s'informer dans un français de circonstance :

« Et Charles, comment va-t-il ?

– Pas plus mal, pas plus mal...

– Eh bien, tant mieux, ma pauvre. »

Elle reprenait la voix de tête pour saluer fort et en patois. Une autre qui entrait profitait de sa chaise et relançait les conversations.

Dans l'avenir immédiat, j'entendrais fréquemment parler du Casino comme d'un lieu de rencontre où, à en croire la Jarlinote, d'autres bavardes comme la Madargue passaient des heures entières. Jeanne hausserait les épaules, disant que la Jarlinote ne valait pas plus cher que la Madargue et qu'elle ferait mieux de garder ses chèvres qui grimpaient sur les murs.

Éduqué par le cinéma, je croyais savoir ce qu'était un casino avec ses femmes aux cheveux platine, jouant la fortune de leurs amants sous l'œil des croupiers en smoking. Pour entrer dans un casino, il fallait être riche ou le paraître, et fréquenter Enghien, Monte-Carlo ou Deauville. Je n'imaginais pas qu'on puisse en trouver un à Saint-Génis-la-Tour. À cette époque où elle vivait encore sa préhistoire, la firme Casino n'avait pas traversé la Loire, conquis la France et la planète. Il me faudrait du temps pour me convaincre que le Casino de Saint-Génis n'était que l'étroite boutique où les bavardes dont se démarquait Jeanne faisaient leurs provisions de la semaine.

Nous avions traversé la rue élargie comme une petite place où, entre quatre obus, se dressait l'obélisque du monument aux morts. Une boutique faisait l'angle au carrefour de trois routes. Par sa porte couronnée d'une treille nous parvenaient des éclats de voix mâles et le bruit d'un marteau.

Nous passions du côté des hommes qui, assis ou debout, dans une salle au plancher sonore, buvaient à une longue table encadrée par deux bancs. Ils ne firent que peu de cas de notre apparition, absorbés qu'ils étaient par la fin d'une partie, abattant leurs atouts à gros coups dont frissonnait le vin. On voyait à sa veste pâle et à ses cheveux gris de farine que l'un de ceux qui jouaient était le boulanger. L'autre, coiffé d'un béret de suie, était le forgeron. J'apprendrais qu'il s'appelait Féroussat. Il venait de pointer à chaud une pioche à double dent que son client gardait démanchée, près de lui.

Jeanne, à peine dans la salle, m'avait dit de poser mon sac et poussé vers une porte intérieure, située près du comptoir. Ouverte en grand, elle révélait l'annexe du café où le patron, un grand vieux à voix de stentor, avait son atelier de cordonnerie confondu avec la cuisine où il prenait ses repas. Pour nous servir un jus marron dans de gros verres où on versait d'abord le sucre cristallisé, il avait tendu le bras vers une haute cafetière rissolant au fourneau.

Jeanne avait embrassé l'ancêtre en l'appelant Tonton. J'étais surpris qu'une femme parvenue à un âge que j'estimais considérable eût encore un parent dont elle était la nièce. De plus, il la traitait comme telle. Il lui parlait avec douceur d'une voix tonitruante née d'une moustache de neige. Assise près de l'établi, Jeanne hochait tristement la tête et il la consolait en tapotant son genou. On devinait qu'elle avait des soucis, peut-être du malheur, mais bientôt elle s'était ressaisie, s'était levée pour partir. De sous son établi, l'oncle extirpait, afin qu'elle les emporte, une paire de gros godillots d'homme qu'il avait réparés et qu'elle voulut payer, mais il l'en empêchait d'un geste qui disait qu'on verrait plus tard. Puis, à la nièce qui demandait quand :

« Le jour où je serai tout à fait mort !... »

Riant haut, il avait eu un geste en revers comme pour se balayer lui-même ou la tristesse. Tous deux, pour ne rien me cacher, s'exprimaient en français. Riant encore, il avait dit « Voilà, voilà ! » très fort vers la salle d'où on l'appelait. Comme nous il s'était levé, hissant le poids des ans.

« Ménage-toi bien, avait dit Jeanne.

– Allez, ménage ! » renvoyait le Tonton du dedans vers le dehors où nous étions déjà et servant ses clients qui entamaient la belle après la revanche et réclamaient du vin.

À cette époque lointaine, pourtant présente à mon esprit, il y avait à Saint-Génis, en plus du Casino, du boulanger et du café-cordonnerie, la quincaillerie Larive exposant en vitrine quelques bibelots pour vacanciers. Aujourd'hui, il n'y a plus rien, à peine une chambre d'hôtes et le restaurant Thomas qui n'ouvre que sur demande. Les femmes de maintenant font leurs courses à la ville, elles conduisent toutes et n'hésitent pas à faire quarante ou soixante kilomètres. Forçant sur la vitesse pour réduire la distance, un flot constant de véhicules rétrécit la campagne. Sans jamais s'arrêter, les gros tracteurs à quatre roues motrices passent devant le monument aux morts. Informés constamment par la radio non-stop, ils vont à leurs affaires, toujours urgentes, selon l'heure et le temps qu'il fait.

La forge aussi a disparu. Il n'en reste que l'espèce d'échafaud qui servait à ferrer les bœufs, on l'a peint au vernis traitant. Les abords ont été débarrassés et nettoyés. Si les orties insistent, on met du désherbant. Pourtant, ce premier jour, tandis qu'avec mon sac de Parisien et les paniers rustiques de Jeanne nous remontions vers le haut du bourg, j'avais pu voir l'enclume et le soufflet où pendait la chaîne. Je peux jurer avoir vu toutes ces choses et j'en témoigne ici, étonné de moi-même.

Il nous restait à faire l'essentiel du voyage. Une sorte de tombereau nous attendait. Il était attelé à deux vaches entravées sous la haie du château. Les yeux rêveurs et malgré un panier de grillage qui leur fermait la bouche, ces créatures patientes, que jamais je n'avais vues d'aussi près, mâchaient paisiblement, comme jouissant d'une mangeoire intérieure. Jeanne avait pris une gaule appuyée sur le joug et lentement, sans heurt, elles s'étaient ébranlées. Les deux grandes roues cerclées de fer, quittant l'herbe du bas-côté, s'étaient mises à crisser et à moudre le cailloutis sur le chemin montant. Jeanne m'avait dit de monter dans la voiture où il y avait une chaise pareille à celles du Casino et liée avec du chanvre à l'une des deux ridelles. J'étais vaguement honteux d'être assis comme une vieille mais à mesure que nous montions, de cette position haute, je voyais venir à moi le paysage de mes vacances nouvelles. Nous avions dépassé le cimetière dont les tombes haussaient leurs épaules comme pour voir par-dessus le mur.

Devant l'attelage, Jeanne marchait à longs pas. Comme le Tonton, elle avait le dos las, un peu voûté sous son chapeau de paille jaune. Si les vaches prenaient du retard, elle se tournait pour les fouailler de sa gaule. Il y avait eu un embranchement, ensuite un autre. Nous empruntions toujours le chemin qui montait, un peu moins large chaque fois. S'il arrivait que nous passions près d'une maison, celle-ci nous tournait le dos sans qu'on puisse vraiment voir si elle avait des habitants. Ou bien c'était une ruine avec un frêne qui grandissait à l'intérieur des murs, écartant son branchage à l'emplacement des poutres.

Il y avait eu un bois de jeunes pins où nous avions fait halte pour reposer les vaches. Au moment de repartir, Jeanne m'avait mis la gaule entre les mains, puis elle était montée s'asseoir. Du haut de sa voiture, dans une langue incompréhensible, elle envoyait des invectives dont j'ignorais si elles étaient pour moi mais que les vaches semblaient comprendre. Elles avaient retrouvé leur rythme sur lequel je me réglais, et à mon tour, la gaule en balancier, j'allongeais posément mes pas comme j'avais vu Jeanne faire, ancrant un pied puis l'autre entre les bosses et les creux du chemin. Si, à cause d'un dévers, une bête prenait du retard sur l'autre, il fallait que je me retourne et que, marchant à reculons, je la pique par-dessus le joug de la pointe de ma gaule. Puis je reprenais ma démarche où d'instinct je sentais quelque chose d'antique qu'il suffisait de respecter.

Ignorant où j'allais, j'indiquais à l'attelage un parcours qu'il savait mieux que moi. Le paysage montrait ses os. Partout le granit affleurait, formant des dômes pâles comme des crânes sur lesquels se haussaient les roues. Ce chemin dur a été nivelé, adouci de goudron, c'est aujourd'hui une route où des autos s'énervent. À cette époque, un mois entier passait parfois sans qu'on l'emprunte. Il fallait de solides raisons, et quiconque attelait faisait les courses pour plusieurs.

Il était tard au bout du compte. De Saint-Génis qui sombrait plus bas, nous parvenait un son dont Jeanne m'apprit que c'était l'angélus. Nous traversions une lande. À droite, par-dessus la crinière des genêts, je voyais une montagne bossue, reine au pays des bosses. Derrière, descendait un soleil dont j'avais peine à croire qu'il s'agissait du même qu'au matin du même jour j'avais vu s'élever vraiment à Barbès-Rochechouart.

III

La Bastide

En Auvergne, on nomme bourg ce qui, en Ile-de-France, n'est jamais qu'un village. Pareillement, on appelle village ce qui ailleurs n'est qu'un hameau. Comme pour monter encore en grade, certains villages, tel celui de la Bastide où était parvenu l'attelage que j'étais supposé conduire, prennent des airs de petite cité avec des arches et des pignons latins percés de rondes lucarnes. La pierre n'étant pas rare, les murs ont tendance à monter. Ils produisent des étages qu'habitent la chouette ou le lérot ou s'arrondissent en pigeonniers qui ressemblent à des tours. Sans qu'on sache trop pourquoi, alors que les espaces abondent, les demeures veulent se rassembler. Elles se serrent comme des chèvres qui ont vu le loup, mais c'est pour se tourner le dos et tenir prêtes leurs cornes.

Il faut savoir qu'aux bourgs comme aux villages dont nous berçons nos nostalgies régnait une animosité latente et un soin scrupuleux des partages. C'est ainsi qu'au mépris de toute autre logique d'antiques jugements ont pu attribuer telle cave à tel propriétaire qui ne vit pas au-dessus, ou telle grange à un laboureur étranger au lieu-dit. Tel arbre, autrefois productif, n'appartient pas au reste du verger, ni tel jardin à la maison attenante. Les parcelles s'entrecroisent, prétextes à des rancœurs transmises par héritage, modérées ou exacerbées – quelquefois jusqu'au coup de fusil – par la nécessité de vivre ensemble. Il fut un temps, dit-on, où chaque paroisse avait son notaire comme son prêtre. Au cadastre du cimetière, la mort semble aujourd'hui suffire à régler les litiges, mais les âmes assoiffées de justice portent ailleurs leurs contestations et trouvent d'autres morales pour justifier leurs haines.

Passés les premiers murs de la Bastide, notre attelage s'était glissé dans le boyau d'une ruelle. Il fallait éviter les angles que frottaient les moyeux puis tourner brusquement dans une cour pavée de moellons mal joints entre lesquels poussaient des pissenlits. Un appentis couvert de tuiles bancales abritait quelques poules rangées déjà sur leur perchoir.

Jeanne avait écarté un portillon pour entrer avec ses paniers dans une cuisine obscure où luisait le balancier d'une horloge. Une suspension monumentale augmentée de bougeoirs argentés envahissait l'espace entre les poutres basses et une table campagnarde couverte d'une toile cirée à fleurs. Rapporté de la ville, ce lustre d'avant les guerres avait dû contenir une grosse lampe à pétrole que remplaçait une simple ampoule piquetée par les mouches. Pendant que je restais planté sur le gros plancher de chêne, Jeanne s'était dirigée vers le fond de la pièce. Je l'entendais parler derrière une porte. Des gémissements lui répondaient. Une voix d'homme s'était mise en colère pour s'apaiser bientôt en plainte. Jeanne avait reparu, fermant doucement la porte. En me voyant arrêté où j'étais, elle m'avait dit d'aller chercher la tourte dans sa voiture à vaches qu'elle appelait le barreau.

« La tourte ?

– Eh oui, la tourte ! Le pain si tu préfères. »

J'étais revenu les mains vides en disant qu'il n'y avait pas de pain ou du moins que je ne l'avais pas vu. Et Jeanne était sortie pour voir. Dehors, elle avait dit :

« C'est Jeannot, pas Jacquot qu'on aurait dû t'appeler ! »

Elle prononçait « Dzano ! » avec le ton de Léone quand elle disait « Nunuche ! ». Au hameau de la Bastide où je venais d'arriver pour deux mois, j'entendrais appeler « Dzano » tout ahuri, maladroit ou mal renseigné, c'est-à-dire fréquemment moi-même.

« Et ça, qu'est-ce que c'est donc ? »

L'air s'était rafraîchi. Une nuit violette partie des fonds tirait son voile vers les hauteurs, et pour un peu j'aurais pleuré. La femme me désignait, calée derrière la chaise au fond du véhicule, une roue rugueuse et calcinée que j'avais prise pour une pierre plate ou une espèce de meule dont rien, selon mes références parisiennes, ne m'avait porté à croire qu'elle était comestible.

J'avais pris à deux bras la tourte. L'appuyant contre moi, j'en sentais maintenant l'odeur. Comme au noir de l'hiver le réconfort d'un feu, le parfum qui s'élève du pain est un repère de bonheur que, depuis la racine des siècles, trois cents générations inscrites en nos cellules ont connu avant nous. Gâtés par les machines, nous voulons la brioche et, pour un peu, nous renierions le pain, victoire plus qu'historique gagnée sur la misère. Nos luxes d'aujourd'hui, exigés comme des droits, sont une perche ou un piège, le tremplin ou la trappe que l'avenir a placé sur le parcours des hommes.

Apportée jusqu'à la cuisine, la tourte fut installée dans un tiroir profond qui rentrait sous la table. Quand elle voulait couper son pain, Jeanne le coinçait dans l'ouverture pour débiter des tranches toujours plus larges et longues, géantes quand son couteau approchait du diamètre. Tartines des contes que, tout l'été, j'enduirais d'un beurre jaune, humecté d'une rosée de petit-lait. Plus goûteux d'être presque rance, il était né, ce beurre – je l'apprendrai bientôt –, dans la cave même de la maison et pressé dans une forme de bois creusée d'une marguerite qui l'ornait en relief.

Nous avions dû délier les vaches, qui, sans qu'on les commande et délivrées du joug, entraient d'elles-mêmes dans une étable surmontée de sa fenière, qu'on nomme ailleurs fenil. Une troisième vache enchaînée à la crèche et qui mugissait sourdement pour saluer notre approche attendait près de son veau séparé d'elle par une cloison de grosses planches. Chacune trouvait sa place sur la litière dorée d'urine, avec ce soulagement du mammifère – fût-il humain – qui retrouve après chaque absence son droit et ses repères. Étrange consentement des bêtes qui, d'elles-mêmes, vont à leur entrave puis jusqu'à l'abattoir, jouant sans révolte le jeu des hommes. Et nous, se demandera-t-on, consentants ou rebelles, quel jeu jouons-nous jusqu'à la mort ?

Pour reculer le lourd barreau dans une remise située à l'opposé de la ruelle, nous avions manœuvré les roues, usant de chaque rayon comme d'un levier. Au retour, nous nous étions lavé les mains au seau posé sur le rebord du puits voisin du poulailler, puis nous étions rentrés pour avaler la soupe et le fromage du soir. Une soupe au lait épaissie par du pain et un fromage compact sous une grosse croûte amère qui, grattée au couteau, s'effritait comme du sable. Ce sable roux était vivant.

« Si tu regardes bien, m'avait expliqué Jeanne, tu verras que ça bouge, ça s'appelle des cirons. »

Vaguement inquiet, pour observer son contenu, j'approchai mon assiette de l'ampoule de la suspension.

Le ciron a la réputation d'être le plus petit des êtres animés qui puissent être observés sur terre par un œil nu. Si Blaise Pascal l'a choisi comme modèle de son infiniment petit, c'est sans doute qu'étant auvergnat il lui était donné de consommer le même fromage de ménage que celui que je rencontrais, ce premier soir, chez Jeanne en son village de la Bastide. Comme le fromage lui-même, soumis aux normes de l'Europe et d'où est exclu désormais tout animal visible, l'infiniment petit et l'infiniment grand ont fait beaucoup de progrès depuis Pascal. De part et d'autre, ils se prolongent en narguant nos lunettes, tant microscopes que télescopes, devant lesquels ils fuient. Nous les abandonnons à leur vertige. De même laissons-nous faire les philosophes, successeurs de Pascal, qui veulent penser pour nous.

Le repas vite achevé, il n'y avait rien que nous puissions faire encore hormis aller dormir. Un poste de TSF qui ressemblait à un petit buffet était perché sous le plafond et hors du périmètre éclairé par la lampe. Jeanne n'avait pas fait mine de l'allumer et il resterait muet pendant tout mon séjour. Ouvrant une autre porte donnant sur la cuisine, elle m'avait introduit dans ma chambre meublée d'une chaise et d'un haut lit surmonté d'un édredon rouge. Pour d'éventuels besoins nocturnes, elle m'avait désigné une manière de placard en retrait dans le mur du fond.

Un peu de jour filtrait encore par le volet qui donnait sur la ruelle. Je ne me rappelais pas m'être couché si vite de toute mon existence. J'avais pourtant sombré dans un profond sommeil. Un bruit de chaînes dont j'ignorais la provenance avait fini par m'éveiller au milieu d'une nuit noire. À demi conscient, je ne pouvais l'expliquer qu'à travers mes lectures par la présence de revenants qui erraient entre les murailles. En dépit de la chaleur, j'avais ramené l'édredon sur ma tête. Une chouette, puis la clameur d'un coq résonnant dans la ruelle m'avaient mis en alerte à différentes reprises.

Vers le bout d'une telle nuit, j'avais rejeté l'édredon et osé emprunter la porte du placard. Utilisée l'hiver quand la neige bloquait les abords, elle donnait droit dans la mangeoire de celle des vaches que Jeanne appelait la Ribande. J'avais, dans l'ombre, reconnu la tache blanche qui lui remontait du museau jusqu'aux cornes. Tel que j'étais, dans mon pyjama parisien, elle me considérait sans émotion. C'est elle et les deux autres qui, toute la nuit, avaient remué leurs chaînes coulissant dans l'anneau. J'avais, dans une fraternité de mammifère, ajouté mes rejets aux leurs.

Un vacarme de seaux et de bidons m'avait une fois de trop appelé à la conscience. Pour n'avoir pas à exister, j'aurais voulu dormir encore mais Jeanne tapait ma porte :

« Il est presque 8 heures ! »

Ce que j'appelais grasse matinée, privilège des vacances, lui était, semblait-il, un scandale.

À mes yeux et jusqu'à cette date, la vertu principale des jours de congé avait été d'autoriser la paresse du matin. Aux dimanches ordinaires, en l'absence de mon père qui partait vendre ses journaux et avec l'indulgence de ma mère qui avait fait son marché rue des Moines, puis qui chantait dans sa cuisine en préparant le repas, je m'attardais à sommeiller ou à lire dans mon lit qu'il suffisait de replier à l'heure de mettre la table. Des chanteurs ou des musiciens qui passaient dans la cour commune avec l'accord d'une des concierges lançaient vers les étages des refrains nouveaux ou inusables. Il fallait leur jeter des pièces enveloppées dans du journal pour qu'elles n'aillent pas rebondir dans un égout. S'il nous arrivait d'oublier ce devoir ou si les immeubles restaient sourds, ces intermittents du spectacle lançaient vers les étages : « N'en jetez plus, la cour est pleine ! » Expression consacrée.

Rassurante qu'elle était, la rumeur de la rue des Dames avec les cris du vitrier et du repasseur de couteaux et ciseaux entretenait mon bien-être, prélude au déjeuner qu'une seule fois par semaine nous pouvions prendre ensemble. Les autres jours, ma mère et moi mangions à la cantine. Mon père, lui, avait sa gamelle que je partageais le jeudi et qu'il plongeait dans le même bain-marie où il chauffait sa colle. Le dimanche, faisant durer le plaisir, nous traînions au dessert. Narguant les restrictions d'hier, nous refaisions un deuxième café.

Pendant que ma mère remettait de l'ordre dans la salle à manger, mon père s'offrait le digestif en écoutant le match de football commenté par André Bourrillon. L'oreille au haut-parleur, il serrait les deux poings si le Racing, équipe qu'il préférait au Stade Français, passait tout à coup à l'attaque. Quand le but était manqué, il tapait sur la table. On pouvait croire qu'il avait vu l'action et la passe maladroite ou déviée qui remettait la victoire en question. D'un geste pathétique, pour nous prendre à témoin, il désignait le poste vers lequel nous nous tournions, oubliant qu'en ce temps-là la radio n'était que la radio et qu'elle restait aveugle.

Après le score définitif, nous descendions du quatrième. S'il pleuvait ou s'il faisait triste, nous partions au ciné pour la deuxième séance où nous étions le plus souvent en retard. S'il faisait beau, nous sortions du quartier, descendions jusqu'aux Grands Boulevards pour écouter de l'extérieur la musique des brasseries et nous nous attardions devant la Maxéville où jouait tout un orchestre composé uniquement de femmes. Nous reprenions tranquillement la promenade pour le simple plaisir d'aller et de nous offrir, sans frais plus excessifs que ceux des ressemelages, le spectacle d'un vieux Paris, toujours même et toujours nouveau.

Quand j'eus, bâillant encore, ouvert la porte de ma chambre campagnarde, je vis que mes tartines et un grand bol de lait m'attendaient sur la table inondée de soleil. Les poules gloussaient derrière le portillon de lattes dont l'ombre zébrait le dos d'un chien allongé sur la pierre du seuil.

Pour justifier le temps que j'avais mis à m'extraire du sommeil, je fis à Jeanne le récit de mes inquiétudes nocturnes. Tandis que je lui avouais mon étonnement d'avoir trouvé, entre deux mauvais rêves, ses vaches dans mon placard, j'entendis que quelqu'un riait du côté de la pendule, dans un secteur de la cuisine que le contraste de la lumière affluant par la fenêtre et la porte grande ouverte dissimulait dans l'ombre. Je pris alors conscience de la présence d'un homme, calé comme un pantin dans un fauteuil rustique. Je m'étais levé brusquement. Ensuite j'avais quitté la table pour lui tendre comme il faut la main et cacher ma surprise sous un mouvement de politesse.

Posée en haut du front, la casquette de l'apparition tressautait comme secouée par le rire, mais, en m'approchant du fauteuil, je vis que l'homme avait repris son sérieux sans que, pour autant, cessât le tressautement qui maintenant se communiquait jusqu'à l'extrémité des doigts posés aux accoudoirs. Les jambes même commencèrent à entrer dans cette danse quand l'une des mains voulut s'élever vers celle que j'avançais. Elle avait l'air d'une aile détachée de l'oiseau et qui palpite encore. Il fallut que Jeanne l'apaise en s'emparant de l'avant-bras qu'elle haussa dans ma direction pour me présenter son mari et, du même coup, le malheur dont je la verrai souvent pleurer. Malgré ma crainte, j'avais pris les doigts blancs, étrangement doux, de ce vieux travailleur qu'une maladie sans repos vouait malgré lui à un destin d'oisif.

De la fenêtre, pendant que je trempais mes tartines, j'avais vu défiler un troupeau qui prenait par la ruelle pour descendre vers le bas du village. Une gamine d'à peu près mon âge avec une natte unique qui lui battait le dos poussait devant elle les vaches, aidée de deux chiens qui couraient dans ses jambes. D'une main elle tenait un bâton et de l'autre un pliant et un petit panier d'où sortaient des aiguilles à tricot.

Quand j'eus fini mon bol, Jeanne m'entraîna jusqu'à l'étable qui donnait dans la ruelle. Elle avait détaché les vaches qui n'attendaient que ce signal. Quittant la paille, elles franchissaient la porte basse guère plus haute que leurs cornes et se mettaient d'elles-mêmes en marche.

Jeanne m'avait dit que je n'avais pas besoin d'avoir peur, que ses bêtes n'étaient pas méchantes, qu'il suffisait que je me méfie de celle qu'elle appelait la Mignonne.

« Dans le pré, si par hasard tu es assis et qu'elle t'approche tête basse, tu te lèves et tu lui tapes le nez. »

Disant cela, elle me mettait dans la main droite le bâton qu'elle tenait jusqu'ici et, dans la gauche, une autre tartine pour faire la route. Elle viendrait me voir, avait-elle ajouté, aussitôt qu'elle aurait fini de s'occuper de son mari.

Investi sans préparation du pouvoir que l'homme a sur la bête, j'avais été saisi d'un doute :

« Le pré, c'est où ?

– Les vaches le savent. Là où elles mangent, c'est le pré, jusqu'au ruisseau.

– Si elles le passent ?

– Tu leur envoies Brunette.

– Brunette ?

– La chienne, Dzano ! »

Pour suivre mon troupeau qui s'en allait sans moi j'avançais à reculons, attentif aux derniers conseils, et nous devions crier pour nous entendre encore. Au moment où j'allais passer derrière des ronces qui hérissaient une ruine, Jeanne, narquoise, m'avait envoyé :

« Un Parisien comme toi, ça se débrouillera toujours. »

Après une ferme en retrait derrière un arbre énorme commençait une descente abrupte. Il fallait progresser entre un double entassement de pierres crêtées d'épines faisant voûte par endroits sur un chemin creusé par la pioche ou l'usure. Parfois il s'évasait puis formait des boyaux où s'insinuaient les vaches en file indienne. La broussaille, sitôt qu'elle s'ouvrait, révélait des hauteurs dont j'ignorais s'il fallait dire qu'elles étaient des montagnes. Assurément, c'était plus que de simples collines. Parce qu'il n'est de bon juge qu'arrivant de Paris, j'aurais voulu les comparer avec l'escarpement de la montagne Sainte-Geneviève qu'enfant élevé près de Montmartre je ne connaissais que de réputation, car Paris est un monde où chacun a ses habitudes et dont la découverte peut demander une vie.

Noire entre deux rochers, une bête était sortie d'un fourré de genêts. J'avais reconnu la chienne allongée tout à l'heure dans la cuisine de Jeanne. Elle nous suivait à mon insu, moi et les vaches. Je l'avais appelée Brunette puisque c'était son nom. J'aurais voulu la caresser et m'en faire une alliée dans les difficultés que j'appréhendais mais elle s'était arrêtée à distance pour repartir immédiatement par des voies de traverse. Elle vivait sa vie de chienne, happait les mouches sans pour autant perdre de vue son troupeau, comme si elle avait su depuis toujours qu'il constituait sa raison d'être sur terre. Tout porte à croire qu'avertis de leur vocation les animaux – et c'est tant mieux pour eux – sont moins exposés que nous aux excès de l'inquiétude. En ce qui nous concerne, les certitudes nous manquent. Pour tâcher d'en avoir, nous voudrions nous inventer des anges et des démons mais c'est naturellement le privilège des chiens de disposer de l'homme comme d'un intermédiaire entre eux et l'incompréhensible. De sorte que nous aimons les chiens parce que, si nous doutons, eux du moins croient en nous.

Au plus bas de la côte, sans l'ombre d'une hésitation, mes ruminantes étaient entrées dans un herbage qu'elles avaient entrepris de tondre. Au-delà du ruisseau qui luisait dans les joncs et avant de se perdre sous les arbres, le chemin remontait par un grand pré en pente, en haut duquel paissait le troupeau de huit vaches que j'avais vu passer de la fenêtre. La fille, assise sur son pliant qu'elle déplaçait parfois, s'occupait de son tricot qui réclamait visiblement toute son application. Sans paraître me remarquer, elle relevait la tête pour commander ses chiens d'une voix aiguë qui les jetait tout de suite vers une bête écartée. À l'opposé et sous une ruine située près du village, une vieillarde glapissante, ficelée dans un fichu noir, gardait des chèvres qu'on aurait dites sauvages.

Cette campagne sans clôtures ni jalons et qui paraissait libre était en fait pleine d'interdits et de frontières invisibles que j'ignorais encore. Espérant l'arrivée de Jeanne qui devait me les révéler, je guettais sa silhouette vers le haut du chemin. Elle tardait plus que de raison. Un vent léger rabattait quelquefois vers moi les rares bruits du village : grincement de poulies, appel intermittent des coqs ou écho d'une bataille de chiens qu'arrêtait une voix d'homme en colère. On n'entendait aucun moteur sur terre ou dans les airs. Je me rends compte aujourd'hui que cette campagne en sursis m'était alors livrée telle qu'en elle-même, pareille encore à ce qu'elle avait été cent ans ou deux cents ans plus tôt ou, avant même la Gaule romaine, depuis l'avènement des temps néolithiques.

Éphémère autant qu'éternelle, la rosée du matin persistait aux abords du ruisseau et, touchée d'un rayon, brillait tel le diamant, condensé d'arc-en-ciel. Plus haut, à mesure qu'elle séchait, l'herbe s'emplissait d'une vibration qui descendait vers moi. Je compris qu'elle était due à des insectes à tête de cheval, équipés de longues pattes coudées, pareilles à des ressorts que déclenchait la pointe de mon bâton. Maintenant qu'il faisait chaud, si j'allais et venais, ils bondissaient en gerbes sous mes pas.

Mes vaches paraissaient m'ignorer. Elles broutaient, méthodiques, comme informées de leur devoir qui était de brouter. Lasse de fouiller les trous en quête de je ne savais quelle proie, la chienne s'était assise et m'observait de loin. En attendant de m'accepter comme maître, elle m'incluait dans le cheptel dont elle avait la garde.

Enfin, la vache que Jeanne nommait Mascot avait levé la tête. Aînée des trois et la plus raisonnable, elle s'inquiétait de l'heure. La fille, au bord du bois, avait replié son tabouret de toile et rangé son tricot. Du haut de son pré, elle avait dit des mots tranquilles et mystérieux qui, sans même qu'elle élève la voix, avaient aussitôt mis ses vaches en branle. L'une après l'autre, elles quittaient l'herbe et s'égrenaient sur le sentier rocheux qui les remontait au village. Comme elle enjambait le ruisseau, j'avais ébauché un salut qu'elle n'avait pas dû voir. Suivant ses bêtes, elle s'éloignait lentement. C'est au moment où, le chemin se creusant, elle allait disparaître derrière les pierres et la broussaille qu'elle s'était retournée pour me voir et de la main m'avait fait un petit signe.

Aucune de mes trois vaches ne mangeait plus. Autour d'elles bourdonnaient des mouches innombrables. Depuis longtemps déjà, la vieille en noir avait remmené ses chèvres vers le village. Là-haut, les coqs ne voulaient plus chanter, ni les poulies grincer, ni aucun chien se battre. Par-dessus la rumeur d'insectes, midi nappait l'Auvergne, apaisement pareil à celui d'un morceau de nuit fourvoyé en plein jour.

Jeanne finalement avait paru au-dessus des prés, sous l'arbre de la dernière ferme et elle avait crié de loin. Aussitôt, à cette voix connue, Brunette avait dressé l'oreille et mes vaches avaient quitté l'herbe dont elles ne voulaient plus et qu'elles auraient loisir de remâcher à l'étable. D'elles-mêmes, elles s'étaient mises en marche. De sorte qu'une fois de plus je n'avais eu qu'à me régler sur elles comme déjà j'avais fait la veille pour atteindre la Bastide.

Charles avait eu, avant midi, une crise soudaine, si alarmante que Jeanne, bien malgré elle, m'avait abandonné aux vaches et à l'herbage. Par bois et champs, elle avait dû courir à Sartarelle, village plus important, doté du téléphone public. Le docteur Gueniet était venu de Sainte-Solange sur sa motocyclette pour faire les injections d'usage. Maintenant le malade reposait dans sa chambre. Pendant que nous écossions des pois, il appellerait vers 3 heures avec une voix de douleur et d'impatience.

Opposée à la mienne, la chambre de Charles avait vue, par-dessus la cour, sur un petit jardin que limitaient les murs des fermes du voisinage. À bonne portée de l'abri du cochon, le fumier ne lui manquait pas, il profitait à l'herbe autant qu'aux plants de salade qui finissaient par balancer leurs têtes au-dessus d'une clôture en bois. Les salades pouvaient bien monter et faire graine si elles le voulaient, Jeanne devait traire deux fois par jour, donner le foin ou changer la paille, nourrir son porc et ses volailles, faire le ménage, la lessive, la cuisine, le beurre et le fromage, et s'occuper en plus de son Charles impuissant qui, n'ayant qu'à souffrir, s'énervait plus qu'il ne fallait de voir depuis sa fenêtre le jardin s'envahir et monter les salades.

La crise passée, Jeanne avait pu, le lendemain, m'accompagner aux prés pour m'en indiquer les limites. Imbu de mes nouvelles fonctions autant qu'inquiet de ne pouvoir y faire face, j'attendais qu'elle m'explique en détail ce qu'il convenait de faire ou surtout de ne pas faire quand on gardait des vaches. Pour son compte, elle goûtait le répit de ce qui n'était pour elle qu'une petite promenade. Près du ruisseau des Sagnes, nous nous étions assis sur des pierres rondes. J'aurais voulu apprendre de sa bouche comment on parle aux chiens pour m'en faire obéir à la manière des paysans mais Jeanne, bien qu'auvergnate comme son mari originaire de la Bastide, faisait peu de cas de sa langue qu'elle appelait le patois. Le parler de sa province lui semblait trop ancien et inutile aux jeunes comme aux gens de la ville.

La ville, Jeanne la regrettait. Elle avait, quand elle y vivait, le boulanger et le boucher en bas de sa maison et l'eau montait toute seule jusqu'à l'évier de sa cuisine. La guerre les avait, Charles et elle, ramenés au pays. Ensuite la maladie les y avait cloués. Elle avait eu un geste qui disait :

« C'est comme ça ! »

Puis elle s'était levée pour remonter vers son malade. Elle portait une blouse sombre à petites fleurs où semblait s'enfoncer sa tête aplatie sous le chapeau. Au moment où ses semelles de bois allaient toucher le chemin, elle s'était retournée pour me dire :

« Une chance encore que tu sois là. »

J'étais resté sur place, surpris, presque effaré, par l'importance dont elle m'investissait, et elle était repartie sur la piste entre les rochers.

Elle avait de longs bras résignés au bout desquels se balançaient ses mains.

IV

Marinette

PLUS QUE DE JEANNE, c'est de Marinette que j'apprendrais la langue des bêtes. Elle aussi la savait de naissance. C'était celle de sa terre où animaux et gens vivaient, souffraient, mouraient encore ensemble et depuis si longtemps que nul ne peut dire quand au juste une pareille alliance avait pu s'amorcer, et encore moins pour quel avenir que nous vivons déjà, en vue de quel destin étrange qu'informés comme nous croyons l'être nous ignorons plus que jamais.

Jeanne, si elle le pouvait, m'accompagnait parfois au pré, pour mieux voir, disait-elle, s'il restait assez d'herbe. Je la regardais finir de traire ses vaches. Pour que je fasse téter le veau, elle mettait le lait tiède dans une sorte de fait-tout d'où partait la tétine pareille à un gant de caoutchouc pointant un doigt unique. Puis avec une brosse raide ou le racloir de fer qu'elle appelait une étrille, nous frottions le ventre et le fessier des vaches où la crotte faisait des écailles comme sur le dos d'un crocodile. Quand nous avions lâché leurs chaînes, il suffisait que nous nous postions à la sortie de l'étable pour que les vaches empruntent la direction des Sagnes où la fille tricoteuse, arrivée avant nous, assise déjà sur son pliant, surveillait ses huit bêtes dans un large pacage en pente surmonté par un bois de chênes. Jeanne me disait, la voyant de loin :

« Marinette est à bonne école avec Louis Ginestoux, il sait faire travailler ses femmes. »

Arrivée à portée de voix, elle lui lançait des paroles auvergnates, très fort à cause de la distance mais d'un ton qu'on sentait maternel. Et la fille répondait de la même voix perchée qui franchit mieux l'espace. À telle ou telle remarque que lui avait faite Jeanne, elle riait raisonnablement comme aurait fait sa mère ou quelque femme sérieuse qu'elle connaissait sans doute et prenait pour exemple.

Selon l'endroit où nous poussions nos vaches, Jeanne, pour une demi-heure, s'asseyait près de moi sur une pierre, sur une souche ou à même l'herbe si du soleil l'avait séchée. Elle commençait toujours par soupirer puis se mettait à me parler comme à une grande personne. Je n'en étais pas surpris. Ma mère en faisait autant si elle n'avait que moi sous la main pour penser à voix haute. Il suffisait que je patiente en écoutant un peu ou rêvant pour mon propre compte.

Jeanne regrettait de ne pas avoir d'enfants. Elle avait pris chez elle pendant plusieurs années un gamin de l'Assistance mais il avait grandi et il était parti travailler à la mine où le salaire était garanti. Il avait dans l'idée de se faire assez d'argent pour se construire lui-même une maison près de Brassac avec tout le confort : eau chaude et cabinets à l'intérieur. Il s'appelait Guy, j'en entendrais souvent parler.

Il y avait dans un appentis où on cassait le bois pour allumer la cuisinière une paire de skis que Guy s'était faite avec deux planches pointées au bout et redressées avec du fil de fer. Pour aller chercher le pain, paraît-il, quand il y avait de la neige. Malgré l'été, j'aurais aimé qu'il neige. Avec les skis de Guy j'aurais ramené le pain pour tout le village bloqué. J'aurais sauvé des vies.

Jeanne, à l'entendre, n'aimait pas trop la mine qui lui avait pris ce garçon. Ils auraient pu en avoir un à eux mais ils avaient tardé. Il fallait travailler d'abord, gagner des sous encore pour garantir l'avenir. L'avenir, on l'avait vu, il était là, et les rêves c'était du passé.

Avec ses airs de petite femme, Marinette m'agaçait autant qu'elle m'intrigait. Elle m'avouerait plus tard qu'elle avait peur de moi parce qu'elle savait que je venais de Paris. Comme alors je rirais, surpris, avec tout de même un peu de gloriole à l'idée que Paris me donnait du galon, elle se reprendrait pour ajouter :

« Ou plutôt, c'était de moi que j'avais peur. J'aimais mieux ne pas parler à cause de mon accent qui n'est pas celui de la TSF. En plus, il y a des mots qu'on dit ici et qui font rire les Parisiens quand ils viennent en vacances.

– Les Parisiens aussi ont leur accent.

– Oui, mais ce n'est pas pareil. C'est Maurice Chevalier. La tour Eiffel, tout ça... »

Là, elle aurait un temps d'arrêt avant de me demander, inquiète :

« Tu dois te dire que j'ai l'air d'une vêle ? »

Je n'avais aucune idée de ce que pouvait être une *vêle,* mais quand maintenant j'y pense je me dis que ce jour-là j'aurais dû l'embrasser.

Passé le temps des méfiances, cette envie d'embrasser Marinette me reviendrait plusieurs fois dans l'été. Je ne la satisferais que beaucoup plus tard, à des années-lumière de ces lointaines vacances et de mes premiers désirs. Je parle ici par anticipation. Les manières ont changé mais les préjugés restent comme les aveuglements, ils n'ont fait que se déplacer. Je peux dire qu'en l'été 52 je n'avais encore jamais vu de filles. Même à Paris, garçons et filles vivaient alors à part. Il fallait que je me retrouve dans cette montagne à vaches, loin des Folies-Bergère, pour découvrir celle-ci sans plumes ni queue de cheval mais avec des joues fraîches, une natte et un tablier bleu. Reconnaissons qu'en France, y compris dans le gai Paris, on s'embrassait alors moins vite et moins souvent que les gens d'aujourd'hui, principalement les footballeurs qui s'enlacent et se chevauchent le train comme, dans la vieille Auvergne, j'avais vu que faisaient certaines vaches. Aux fêtes on embrassait sa mère et jusqu'à ses cousines mais très peu au-delà. Nous étions inhibés, pas libérés encore. C'était avant Mai 68 et la pilule du lendemain.

Jeanne repartie, pour passer le temps à ma façon, j'extirpais de mon blouson un de mes illustrés que je relisais pour la dixième fois. J'ai dit que j'avais soif de lectures mais plus encore d'images. Certaines d'entre elles qu'on ressuscite, et dont je fais moins de cas depuis que la mode les surestime, me plongeaient alors dans une admiration proche de l'extase et ma prédilection allait aux planches mal imprimées dont les couleurs sommaires, industrielles ou décalées sortaient du trait qui aurait dû les contenir. Je pense qu'ambitionnant de devenir artiste, l'imperfection de mes modèles me les rendait plus accessibles, donc plus aimables, et sans doute y a-t-il, inavoué, un peu de ce réflexe dans le goût des esthètes qui se réfèrent à Andy Warhol plutôt qu'à Michel-Ange.

Sur des feuilles de papier à lettres, je m'efforçais de reproduire ou d'imiter certaines de mes icônes.

J'avais eu soin d'apporter de Paris quelques ronds d'aquarelle dans une boîte de pastilles Vichy que je fourrais dans ma poche quand je partais au pré. Cette boîte contenait également un pinceau dont j'avais raccourci le manche et que je mouillais au ruisseau.

Cela faisait plus d'une semaine que Marinette et moi, sans nous parler, étions voisins de pacage. Absorbé par ma création, j'étais agenouillé devant un rocher plat qui me servait d'écritoire. L'herbe était belle encore dans le vallon des Sagnes. Pas assez bonne apparemment pour la Mignonne, laquelle, sans m'avertir et profitant de ma distraction, avait traversé l'eau.

La soirée s'avançait et le soleil plongeait vers la bosse du puy de Dôme. La Brunette qui guettait une taupe refusait de me comprendre. C'est tardivement, quand Mignonne était déjà loin, qu'elle s'était élancée vers elle sur un territoire étranger et au mépris des chiens qui devaient le défendre. Il y eut des clameurs et une mêlée grondante où brillaient les mâchoires. Vainement, je rappelais ma chienne. Je courais, écartant les bras. Vint alors Marinette. Arrivant du plus haut de son pré, elle s'était approchée des trois bêtes enchevêtrées dans leur lutte et prêtes à s'égorger. Sans faire de distinction, elle leur fouettait les reins. Elle les invectivait dans une ardeur soudaine qui contrastait avec le calme de petite mère qu'elle montrait jusqu'ici. Il était clair qu'elle n'avait peur ni des crocs ni des cornes. Les volées du bâton finirent par arracher des plaintes. Un des chiens s'écarta puis les autres, la tête et l'échine basses. Pendant que, la prenant au collier, je m'efforçais d'entraîner Brunette qui cédait à regret, Marinette se tournait pour m'apostropher avec un ton qui, dans l'animation dont elle vibrait encore, conservait quelque chose de l'injure :

« Dzano que tu es !... Tu lui dis “Tè !” pour qu'elle s'arrête. “Tè, Brunette !” c'est ça qu'il faut lui dire ou “Té vas ire, carogne !” »

C'était là ma première leçon, brusquement écourtée car nous avions dû suivre nos onze vaches mêlées. Dérangées par Mignonne qui courait la première, elles avaient pris d'elles-mêmes, bien avant l'heure et dans le désordre, le chemin de l'étable.

L'incident m'avait tracassé jusqu'au lendemain matin où de mon pré au sien, criant vers elle aussi discrètement que je le pouvais, j'avais voulu faire mes excuses à Marinette. La débandade avait gâté son pré, et comme je m'inquiétais de ce que dirait son père :

« Il m'a déjà tout dit. »

Elle avait soupiré :

« Mon père, c'est comme les autres, il ne plaint pas les gifles.

– Mais tu ne lui as pas dit que c'était de ma faute ? »

Elle haussait tranquillement les épaules, l'air résigné déjà pour le présent comme pour l'avenir. Elle avait ajouté, avec une autre expression de son terroir qu'elle emploierait souvent encore et qui lui attirerait chaque fois la même réponse que je voulais pleine d'humour :

« Ça fait pas rien !

– Mais si ça ne fait pas rien, c'est que ça fait quelque chose ! »

Marinette s'excusait de parler mal. Depuis que nous conversions de part et d'autre du ruisseau, elle s'arrêtait presque à chaque phrase, intimidée par mes sourires qu'elle croyait ironiques. Elle s'excusait encore :

« On dit comme ça chez nous.

– Chez nous, on n'est pas plus malin, on ne sait même pas parler aux bêtes. »

Là, elle hochait la tête et, posant le tricot sur ses genoux, me répétait ses leçons de la veille ou de l'avant-veille. Elle aurait bien aimé devenir institutrice. Elle se levait du pliant. Mettant sa pelote dans sa poche, elle s'approchait un peu plus du ruisseau pour m'expliquer comme à confesse tout ce que je devais savoir :

« Pour que ton chien ramène une vache, il faut dire "Vè la car !" ou "Atti, vè la car". À tes vaches tu dis "Veun !" ou "Veun cè, veun !" pour qu'elles se mettent en route quand c'est l'heure de rentrer à l'étable. »

Elle élevait vers moi, au-dessus des mailles, un index pédagogique, me regardait droit dans les yeux puis, tout à coup, perdait de son assurance et baissait les paupières en direction de son travail :

« Tout au moins, c'est ce qu'on dit de ce côté-ci de Saint-Génis, je ne sais pas si ça se dit ailleurs. »

Habituée à ne pas perdre son temps ou pour donner le change à la vieille Jarlinote qui nous épiait de loin en menant son troupeau de chèvres, elle s'éloignait un peu et maniait les aiguilles de plus belle.

Le lendemain et les jours qui suivirent, j'avais saisi chaque occasion d'exercer mon patois. Mes efforts amusaient Marinette qui riait de mes succès autant que de mes échecs.

Brunette m'obéissait, m'acceptant plus ou moins comme son maître. Rassuré sur mes compétences de gardien de troupeau, je m'étais remis à la peinture. Lorsque nous rentrions, passant devant mes vaches, je rejoignais Marinette qui marchait à la queue des siennes. Content de moi, je lui montrais mes images copiées ou inventées. Elle disait qu'elle les trouvait belles. Chaque fois, elle l'affirmait sur le même ton qui manquait d'enthousiasme. Si je lui demandais ce qu'elle pensait vraiment, elle poussait son troupeau, parlant aux bêtes pour ne pas me répondre. Elle finit par m'avouer qu'elle n'aimait pas les pistolets, les Spitfire ni le Fantôme du Bengale et que mes dessins seraient plus réussis si leur couleur ne dépassait pas le trait.

Déçu de son incompréhension, j'étais demeuré plusieurs jours sans vouloir lui montrer le produit de mes efforts. Pourtant, depuis la gifle qu'elle avait reçue, je me sentais redevable. Je lui avais dessiné un de ses chiens, puis j'avais fait un croquis d'elle assise sur son pliant, prenant bien soin d'arrêter le bleu de son tablier dans les limites exactes de son contour.

En voyant son portrait que je lui tendais par-dessus le ruisseau, Marinette avait eu un moment de stupeur. Inquiet, je me demandais si par hasard il ne lui renvoyait pas l'idée trop négative de ce qu'elle appelait une « vêle » et dont j'avais appris que c'était le féminin du veau, autrement dit la génisse.

De rose les joues étaient passées au rouge. Puis elle m'avait rendu le dessin.

« Tu ne l'aimes pas ?

– Oh si !

– Mais je te le donne.

– Je ne saurais pas où le mettre.

– Mais dans un cadre bien sûr, au mur de ta cuisine ou peut-être dans ta chambre ! »

Je vis qu'elle pleurait presque.

« On n'a pas de cadres chez nous. »

Puis farouche :

« Je ne veux pas que mon père le voie. »

L'un des jours qui suivirent, quand nos bêtes se furent mises à paître, Marinette était venue jusqu'à moi, mystérieuse. Imprévisiblement, du panier où était son tricot, elle avait extirpé un cadre. Il était, par-derrière, muni d'un pied articulé comme on pouvait en voir, entre une pendule et un cache-pot, dans la salle à manger des vieux. Il était presque noir mais tout enguirlandé de feuillages en relief. On y voyait, dans un ovale, la photo d'un soldat à moustaches, fier de ses épaulettes qu'un photographe de garnison avait rehaussées de rouge. Nous avions pu l'ouvrir en forçant quatre pattes de cuivre qui n'avaient plus tourné sur leur vis oxydée depuis un bon demi-siècle. Ainsi, nous y avions glissé, par-dessus la photo, l'image que j'avais faite. Puis, nous avions décrassé le verre avec un coin de mouchoir mouillé dans le ruisseau et Marinette m'avait entraîné jusqu'en haut de son pré d'où nous avions une vue à la fois sur nos deux troupeaux. L'air était sans orage et peu chargé de mouches. Les chiens dormaient dans l'herbe.

Au-dessus du grand pré en pente appartenant aux Ginestoux commençait le pays des bois. Sa lisière où croissaient des ronces et de la charmille camouflait un abri engagé dans le tertre et couvert par deux tôles sous lesquelles aurait pu se blottir une gardeuse si une averse la surprenait. Du temps où, plus petite, elle venait encore avec sa mère, Marinette avait embelli ce pauvre cabanon par un tressage de tiges et de rameaux qui lui faisaient des parois.

Quelques fagots fermaient l'entrée et la rendaient presque invisible. D'une saison l'autre, elle en avait aménagé le dedans, y apportant tantôt une planche pour faire un banc, tantôt un tabouret bancal. Au fond, une autre planche soutenue par des bâtons fichés dans la paroi de terre supportait deux angelots de porcelaine, un verre à pied avec un bouquet sec et, contenant un caillou d'améthyste, un sabot de fillette, fendu, sculpté d'une églantine.

Marinette, écartant ces trésors, avait placé au centre son image encadrée qui s'inscrivait exactement dans l'ovale de carton. Avec une poignée de genêts, elle avait balayé le sol pour en chasser les feuilles de l'automne précédent.

Le lendemain puis les jours qui suivirent, nous étions revenus visiter cette cachette. Lorsque nous la quittions, nous rabattions sur elle les fagots et des branches.

Ensuite il y avait eu un gros orage qui, selon Jeanne, devait détraquer le temps. Il était venu du sud, par-dessus une montagne boisée et toujours sombre qu'elle appelait le Peyradoux. Selon elle, c'était mauvais signe. De fait, il avait plu toute la semaine et tellement fort qu'elle n'avait plus voulu que je lui sorte ses vaches.

Nous étions prisonniers du temps. Entre les murs austères de la Bastide, Marinette était seule de mon âge et je compris qu'elle me manquait.

Je n'étais pas sans savoir qu'il existait des filles, et tout portait à croire que Paris et la France en contenaient autant au moins que de garçons mais jamais, comme j'ai dit plus haut, je n'avais eu l'occasion d'en fréquenter de si près et d'observer directement leurs petites façons d'être qui, à travers l'une d'elles – fût-elle gardeuse de vaches – me paraissaient troublantes car différentes des nôtres.

Je n'avais jusqu'ici dessiné que des héros de confection, vengeurs masqués, pilotes de chasse ou bombardiers qui écrasaient des villes. En dessinant seulement une fille, j'éprouvais le sentiment d'avoir poussé une porte où m'attendait un monde moins innocent, plus exotique que celui des *Pionniers de l'Espérance* qui, à bord de leur astronef, visitaient la planète des hommes bleus.

Soudain, mes rêves changèrent de cap. Dans l'espoir que passerait Marinette, je demeurais des heures entières à la porte de l'étable à regarder l'averse dont les poules prenaient leur parti. Elles picoraient les flaques hérissées de bouteilles minuscules. Avec l'entêtement des fourmis, des ruisselets dévalant la ruelle emportaient les fétus.

Pour que je m'y rende utile, Jeanne, un matin, m'avait envoyé dans sa cave. Là, régnait l'odeur sûre du caillé qui séchait sur des lits de paille. De lui-même, semblait-il, et par la seule vertu du temps qui passe, il se changeait peu à peu en fromage.

Hasard laïque de la nature ou cadeau de la divine Providence ?

À la lueur d'un soupirail, j'aperçus un petit tonneau doté d'une manivelle destinée à le faire tourner sur un support à quatre pattes. Jeanne y avait versé la crème qu'elle prélevait tous les soirs. Je n'avais, disait-elle, qu'à bien tourner la manivelle pour que ça fasse du beurre. Refermant une grosse porte derrière elle, elle m'avait laissé seul. Mal assuré de mes compétences, j'espérais que le beurre, pour devenir du beurre, tarderait moins que le fromage.

L'air était doux dans ma prison et comme duveteux. De ce côté de la maison, j'avais une vue partielle sur la cour du voisin qui profitait d'une éclaircie pour lier au joug sa paire de bœufs. Je savais, sans l'avoir encore vu, qu'il s'appelait Chouvaye.

Du gros bout de sa gaule noueuse, Chouvaye frappait le nez de ces doux monstres que je voyais d'en bas, monumentaux. Puissants et néanmoins dociles, ils faisaient à sa demande quelques pas en arrière. Ainsi, il les avait attelés au timon de son char plein d'une paille de l'année d'avant dont il débarrassait sa grange. Tout l'attelage s'était ébranlé, sortant de mon champ de vision où des poules vinrent gratter la boue, en quête d'on ne sait quelle aubaine de larves ou de menus graviers dont elles sauraient tirer le miracle des œufs. À travers les gloussements, jusqu'à ce que l'écho s'en éteigne entre des murs ruinés où tournait son parcours, je percevais la voix de Chouvaye qui parlait à ses bœufs, les appelant tour à tour par leur nom.

« Chouvaye, lui, c'est un riche, m'avait révélé Jeanne, il a plus de douze vaches, il peut bien se payer des bœufs.

– Et pourquoi pas des chevaux ?

– Il n'y a pas de chevaux dans nos montagnes, juste des bœufs ou des ânes à deux jambes.

– Pourtant, des chevaux, on m'avait dit que j'en verrais si je venais ici.

– C'est qu'on t'aura menti. »

Un doute m'effritait l'âme. Je me voyais dans l'incertitude comme dans cette cave sans horizon. Cependant, la manivelle résistait à mon bras. D'abord, je n'avais entendu que la rumeur intérieure d'un brassage. Brusquement, elle s'était atténuée. J'entendais des chocs mous et des rebonds dont tremblait le tonneau. Finalement, Jeanne avait rouvert la porte.

« Dzano, m'avait-elle dit, tu vois bien qu'il est fait ton beurre ! »

Pour expliquer pareilles métamorphoses, les savants ont des théories qui désenchantent le monde et contentent les banlieues. Ils n'arriveront qu'à nous désespérer si, pendant que nos âmes rancissent, ils tardent encore à révéler quel beurre nouveau, enfin, produira la planète à force de baratter les hommes.

De préférence à l'étable où je pataugeais dans le purin, je déposais mes rejets dans une cabane de planches disjointes que Jeanne m'avait montrée au-delà de ses choux et d'une haie de haricots grimpants. Camouflée par une touffe de sureau, en plus d'un relatif confort dû à son siège de bois, cette retraite avait l'avantage de mettre à ma disposition une grosse liasse de journaux coupés en quatre et suspendus à un crochet. Quelque cousin de Clermont les avait apportés pour distraire Charles. J'y trouvais les dessins de Guérin, de Bellus ou de Sennep et des feuilletons dont je reconstituais le puzzle. La pluie, gouttant des feuilles, tambourinait sur la toiture. À l'extérieur, un brouillard d'altitude qui amenait novembre au plein cœur de l'été feutrait les bruits et réduisait un monde où je n'étais qu'à moi-même.

Jeanne, inquiète, finissait par m'appeler. Elle avait, disait-elle, besoin de moi. J'aurais voulu lui casser du petit bois pour avoir à manier la hachette qui ressemblait à un tomahawk. Elle préférait que je lui tire de l'eau.

Parmi des dizaines de devinettes entendues à l'école, il y en avait une qui disait par exemple : « Qu'est-ce qui monte blanc et qui retombe jaune ? » Il fallait répondre « l'œuf ». Une autre – importée de la campagne ou datant d'une époque précédant l'eau courante – demandait mystérieusement : « Qu'est-ce qui descend en riant et remonte en pleurant ? » Il fallait dire : « le seau ». C'est tardivement, tirant de l'eau à la Bastide, que j'ai compris pourquoi. Une fois le seau de fer fixé à son crochet, il suffisait de dévider la chaîne qui entraînait la manivelle dans un gai tintamarre. En revanche, le récipient rempli faisait soudain silence, tendait la chaîne et remontait en force, versant les larmes de son trop-plein.

Encore y avait-il un art, qu'il me fallut apprendre, de faire descendre le seau pour qu'il s'emplisse sans flotter en surface. En cas de nécessité, je devais me pencher pour agiter la chaîne. J'avais alors une vue sur un étroit tunnel plongeant verticalement. Entre les moellons de granit ajustés sans ciment croissaient de petites fougères appelées scolopendres qui cachaient partiellement le miroir de la nappe dont nous puisions l'eau claire. Marinette m'avait dit que si on regardait comme il faut dans un puits on devait voir les étoiles. Penché, la poitrine appuyée au rebord, je me frottais les yeux, de sorte qu'il me semblait voir vraiment des constellations comme grâce à un hublot qui, au fond de la terre, me révélerait la nuit des antipodes.

D'une superposition de vieux manteaux pendus dans le passage conduisant à sa cave Jeanne avait extirpé une pèlerine noire à capuchon pointu que Guy avait portée, m'expliqua-t-elle, pour aller à l'école. Dehors, avec le lien de chanvre dont je serrais à mes chevilles un pantalon botté de boue, elle me donnait une apparence que je voulais croire gauloise. De la grange à l'étable, ou du puits au jardin, l'eau doublait rapidement le poids de son tissu. Au retour, nous l'accrochions à la hotte du fourneau d'émail. Elle y fumait doucement.

Le vent n'existait plus. On aurait dit que l'eau prenait la place de l'air. La campagne n'avait plus d'horizon. Pour sortir à nouveau les bêtes, il nous faudrait attendre que fondent les nuées posées sur le village. Ayant trait tôt les vaches, Jeanne profitait du feu qu'il fallait entretenir pour se mettre à repasser du linge. Elle employait deux fers qu'elle réchauffait à tour de rôle.

Elle avait placé Charles à la table, face à un numéro du *Journal du Dimanche* qu'il s'efforçait de déchiffrer et qui lui échappait s'il tâchait d'en tourner les pages. Plus il s'y efforçait, plus s'agitaient ses doigts secoués d'un tremblement qui s'emparait des feuilles. Une débandade les envoyait au sol. Je me levais pour les ramasser et, à voix haute, tandis que l'eau dehors inondait les fumiers, j'occupais l'heure perdue à lui lire les articles un à un. Une vapeur garnissait les carreaux. Loin de Paris et des miens, sous ce toit où l'horloge battait dans l'odeur de la soupe du soir, j'oubliais peu à peu mon ennui. Je sentais mon bonheur d'exister et l'orgueil d'une jeunesse dont je comptais jouir sans fin. Lisant de mon mieux, je pouvais me croire utile au monde et j'en étais remercié par le sourire d'un vieux dont l'âge aujourd'hui me rattrape.

Un jour où j'observais l'averse sur le seuil de l'étable, un parapluie grand comme un parasol avait débouché de la ruelle pour se jeter vers moi. Brièvement, sous l'arche de granit, il s'était replié révélant Marinette, mais vive déjà elle m'entraînait. Elle avait, disait-elle, trouvé toutes sortes de cadres qui serviraient à mes dessins.

Depuis que les guerres avaient dépeuplé leur village, les Ginestoux gardaient, à eux confiées, les clés de différentes maisons dont quelques-unes au fil des ans étaient tombées en ruine. Les héritiers s'il en restait travaillaient à la ville et revenaient rarement, au hasard de leurs courtes vacances qu'ils prenaient de préférence ailleurs.

En plus du parapluie que je maintenais sur nos têtes, Marinette apportait une grosse boîte rouillée où elle faisait son choix parmi des trousseaux de toutes sortes. Son père était parti chez Féroussat qui réparait une pièce de sa faucheuse, ça lui prendrait facilement jusqu'au soir et on avait tout le temps.

Par des sentiers bordés d'orties, nous nous étions glissés entre les murs d'anciens jardins où mouraient des pommiers. Nous devions écarter des buissons pour atteindre d'austères maisons que notre parapluie ne me laissait qu'entrevoir. Il nous fallait encore pousser une porte épaisse qui frottait sur les planches d'un couloir. Nos yeux s'accoutumant révélaient une cuisine où entrait une lumière de sépulcre par des persiennes disjointes. Sur la longue table pâle de poussière, des porteurs de cercueil avaient laissé leurs verres patinés de vieux vin.

Noyée près d'un placard, dans le même brou des murs, la pendule attendait. On pouvait l'entrouvrir pour remonter les poids. D'un doigt, comme Jésus pour Lazare, nous rendions vie au balancier. Tandis que nous montions vers les chambres, une sonnerie grave lâchait la demie d'on ne sait quelle heure. Dans les jours qui viendraient, la Jarlinote pourrait bien dire qu'elle entendait de chez elle sonner l'horloge des morts, Jeanne, qui ne croyait à rien, mis à part au tracas d'exister, la traiterait une fois de plus de bavarde et de folle.

Quand on n'espérait plus, il y eut un après-midi où le soleil, prouvant qu'il pouvait luire encore, illumina les hauts du Peyradoux où tournait un vent neuf.

« Du Peyradoux, avait dit Jeanne, vient le mauvais et le meilleur. »

La pluie avait cessé mais le déluge persistait sur terre, noyant les prés et même les mares traversées d'eaux courantes. Des sources imprévisibles jaillissaient sous des souches, vernissaient l'herbe pour envahir les chemins creux qu'elles changeaient en torrents. Tout rocher avait sa cascade et, du brouillard des fonds, s'élevait une rumeur grondante.

Les prairies détrempées auraient souffert du piétinement des vaches qui ne sortaient encore, deux fois par jour, que pour se rendre à l'abreuvoir. J'avais appris à changer leur litière et à charger le fumier dans une brouette que je poussais jusqu'au tas. Je suppose que le fumet d'étable que j'avais rencontré en arrivant à la Bastide imprégnait ma pèlerine et mes membres car j'en étais venu à ne plus le sentir comme si, incorporé à l'air, il était devenu neutre.

J'attendais le moment où Marinette et moi pourrions nous revoir aux Sagnes. Cette impatience envahissait toute ma pensée. À l'intérieur d'un vieux calendrier des postes, j'avais d'avance réuni des dessins qu'elle placerait à sa convenance sous le verre des cadres que nous avions sorti des ruines. Dans l'intervalle, le facteur avait apporté un colis de Paris expédié par ma mère. Aux illustrés que je lui réclamais, elle avait ajouté un authentique carnet d'artiste, le premier que j'eusse jamais possédé. Il comptait quarante pages épaisses, reliées par une spirale et reposant sur un carton rigide qui servait de support pour dessiner et peindre à l'extérieur. Le soir, je l'avais emporté dans ma chambre pour caresser son grain avant de m'endormir.

Enfin la terre avait séché et nous avions lâché nos vaches, ardentes à retrouver l'herbage où, contrairement à l'habitude, nous étions arrivés les premiers. Un peu plus tard, du côté de Sartarelle, un grand berger accompagné d'un chien bourru qui tournait sans arrêt autour de ses moutons avait fait son apparition sur le dos d'un pacage. L'heure avançait sans apporter d'autre mouvement. En vain, je me tournais vers la Bastide espérant voir les vaches de Marinette, et Marinette elle-même qui descendrait vers moi avec ses chiens et son pliant.

Ni la soirée de ce jour ni les deux jours suivants ne l'amenèrent davantage. Franchissant le ruisseau, j'étais monté jusqu'à l'orée pour visiter l'abri caché sous ses fagots. On l'avait balayé encore mais le cadre avait disparu avec l'image de Marinette, de même le verre à pied, les angelots de porcelaine et le caillou d'améthyste.

Lorsque, feignant l'indifférence, j'avais fini par m'étonner devant Jeanne que, malgré le beau temps, les Ginestoux n'aient pas encore sorti leurs vaches, elle m'avait répondu :

« Dzano ! S'ils ne les sortent plus aux Sagnes, c'est qu'ils les mènent ailleurs, aux Versannes ou à la Redonde. »

V

Louison

Au vieux quartier des Batignolles qui était, dans le grand Paris, notre terroir à nous, plus encore que le réfrigérateur qu'elle appelait frigidaire, le grand rêve de ma mère était la salle de bains. Quand, sur le moindre prétexte, la question de la salle de bains revenait dans la conversation, mon père levait les yeux au plafond puis les replongeait dans son journal. Comme chaque jour, il avait néanmoins consenti à se laver au robinet de son atelier et à quitter ses bleus de travail avant de nous rejoindre au quatrième où l'arrivée de tout copeau ou de toute trace de sciure aurait pu, faute d'aspirateur, occasionner un problème et un drame.

Si je mesure la rançon d'inquiétude qui pèse maintenant sur nos jouissances, je me dis que notre chance est d'avoir pu rêver à la faveur des pénuries, innocemment encore. Partie du bout d'un XXe siècle où tiendrait toute sa vie, ma mère aura eu la satisfaction d'avoir, vers l'autre bout, conquis sa salle de bains. Par la grâce des techniques, sans penser qu'elle volait ni les dieux ni les hommes, elle aura vu tous ses désirs devenir raisonnables et s'exaucer l'un après l'autre. Depuis, nous sommes passés du besoin aux surplus et nous nous inventons des droits pour justifier encore nos prises de la Bastille. Dans cette quête pathétique, il se pourrait que la pénurie soit le plus sûr de nos manques. Quand le progrès nous sature, il nous reste la nostalgie pour nous faire croire que nous rêvons encore.

Aux vieux dimanches de ma jeunesse, quand j'étais trop petit pour me laver sans elle, ma mère m'emmenait aux bains. Au 64, rue de La Condamine, par une porte double, au demeurant discrète, puis par un couloir de faïence, on entrait dans un lieu imprévu. Une personne en chignon et vêtue d'un corsage austère paraissait nous attendre des hauteurs d'un pupitre couronné de petits balustres. Elle nous remettait des serviettes et deux sachets de sels de bain, après quoi nous allions attendre dans une sorte de rotonde environnée de banquettes. Au centre de cette salle éclairée de verrières à frises multicolores s'offrait un sofa rond dont le dossier en cylindre élevait une gerbe de palmes. Depuis, j'ai vu le même, rembourré pareillement de velours cramoisi, dans un des lupanars peints par Toulouse-Lautrec.

Quand notre tour venait, annoncé par un numéro, nous avancions dans un couloir sonore où le garçon de bains nous attendait, son lave-pont à la main. Devant nous, avec du blanc d'Espagne, il frottait deux baignoires profondes comme des tombeaux.

Quand ma mère m'avait savonné, elle dépliait un paravent pour se déshabiller derrière. Occupée à sa propre toilette, elle me laissait à mes rêveries. Il suffisait que je me hausse d'un doigt pour flotter dans une eau mousseuse de concert avec des bateaux à cent sous achetés dans un bazar.

Au bout d'un laps de temps qu'aurait dû, selon nous, prolonger son pourboire, le garçon frappait à la porte et nous devions sortir en hâte. Nous traversions la rue jusqu'au ciné d'en face. Je regardais les photos du film de la semaine et ma mère profitait du vitrage pour s'assurer de sa coiffure.

Plus tard, ayant grandi, j'irais aux douches des hommes, généralement le samedi soir. L'ambiance y était autre. On attendait parfois une heure assis sur un long banc ou debout près de la caisse où le gérant, fervent du Stade Français, argumentait avec mon père, partisan du Racing. Périodiquement, il suspendait les pronostics et poussait son coup de gueule pour activer le mouvement et calmer l'euphorie des cabines où les ouvriers sous l'eau chaude se mettaient à siffler ou à chanter « Si toi aussi tu m'abandonnes », parfois même « Mexico, Mexico », en solo ou à plusieurs voix.

Dans ma chambre de la Bastide qui donnait sur l'étable, je ne disposais pour me laver que d'un broc et d'une cuvette d'émail dont, après de rapides ablutions, je jetais le contenu par la fenêtre. Le retour du beau temps et de la chaleur me firent tout à coup ressentir le besoin d'une baignade assortie d'une toilette complète.

Par un torride après-midi, j'avais, muni d'un savon de Marseille, pris le chemin du vallon. Charles Courtine allait mieux et prenait quelquefois la parole. Pour trouver l'eau, m'avait-il chevroté, il me suffirait de dépasser les prés par le chemin que je connaissais et de descendre toujours plus bas.

« Mais dans ces fonds pierreux regarde bien où tu mets les pieds. »

Le tremblement de sa voix renforçait la menace et Jeanne, de son côté, disait des choses épouvantables au sujet de l'aspic, la vipère rouge, la plus dangereuse de France. Intimidé, j'aurais renoncé, sacrifiant ma toilette, sans le désir qui me tenait de voir un vrai torrent, plus sauvage que le ruisseau des Sagnes qui glissait dans les joncs, agité par les seuls têtards.

Le grondement du déluge s'était bien assagi. L'eau bruissait sans fureur, retrouvant son débit estival. Pour disposer, sur un fond de sable, d'une baignoire suffisante, j'avais dû établir un barrage avec des pierres que je charriais et bourrais de mousse. M'introduisant dans une nappe claire mais froide, j'eus l'impression que mes membres, à demi paralysés, m'abandonnaient où agissaient sans moi. Ma poitrine devenait un pain de glace que je frottais avec un savon anguleux comme une pierre.

Je m'étais rincé en m'immergeant encore avant de bondir jusqu'au soleil d'un pré étroit, étiré comme une langue d'émeraude entre l'eau et un chemin désert. J'observais en me rhabillant le paysage serré par des versants abrupts. En amont, des sapins qui cherchaient la lumière avaient été gagnés par le lichen. Ils s'élevaient comme des fantômes blancs, gardiens d'un défilé rocheux vers lequel je me dirigeai.

Dernière trace d'une agriculture, le pré s'achevait près d'un pont de grosses pierres d'où le chemin s'incurvait pour fuir sur un autre versant. On s'engageait dessous comme dans une grotte. Passée la voûte obscure, des retombées de feuillage faisaient encore un rideau que j'écartai doucement. Je me vis à l'improviste dans une nature intemporelle. Un chevreuil qui broutait des branches me fit brusquement face et je retins mon souffle. Trompé par mon arrêt, il doutait de mon existence.

J'avais le sentiment d'avoir, depuis Paris, remonté le cours d'un fleuve qui, par paliers, me rapprochait des sources du temps. Ici, le rêve coïncidait avec l'heure et le lieu. Des étagements de roches surplombaient les retenues sablonneuses où brièvement paressait l'eau. Bien mieux qu'au square des Batignolles où les cascades artificielles naissent d'une grotte en ciment, je pouvais m'identifier à l'Indien d'Amérique dans son canot de peaux cousues.

Une joie m'envahissait et je la croyais pure et suffisante mais un regret déjà me faisait déplorer de n'avoir ni carnet ni crayon. Le jour où nous avions exploré les maisons, Marinette m'avait dit qu'aux personnages de mes bandes dessinées elle préférait les paysages. Elle connaissait des gens de Varenne ou de Sainte-Solange qui en mettaient chez eux, au-dessus du buffet de leur salle à manger. Selon elle, les paysages conviendraient mieux aux cadres que nous avions trouvés et cachés dans sa grange.

Plus encore que d'une salle à manger, Marinette rêvait d'un salon où l'on pourrait s'asseoir, dire de belles choses parmi de beaux objets et, si on n'a rien à dire, lire de la poésie comme à l'école.

Dès le lendemain, pour dessiner directement la vraie nature, j'étais retourné au torrent, muni du carnet neuf et d'un chapeau que Jeanne m'avait d'autorité enfoncé sur la tête. La canicule séchait les blés qui, sur le dos des terres, de la Bastide à Sartarelle, doraient l'intervalle des pacages. Aux creux du chemin tordu qui plongeait vers les fonds, la boue, cuite en surface, se fêlait par morceaux.

Nos bonheurs de hasard, si nous les convoquons, reviennent rarement avec le même visage. Passé le corridor du pont, la solitude que j'espérais se révéla troublée par une présence. Je vis qu'un garçon nu – à peu de chose près un homme – marchait lentement dans l'eau. Il s'y accroupissait, plongeait un bras puis deux comme s'il cherchait de l'or sous la roche. Tout à coup il se redressait dans un éclair d'éclaboussures. Sur la mousse d'une clairière, il avait jeté déjà plusieurs poissons qui tressautaient encore, suffoquant de l'air même dont l'absence nous ferait mourir.

Pendant que j'observais ces agonies, le garçon était sorti de l'ombre et j'avais reconnu Louison.

À l'opposé de la Bastide, au sommet d'un versant boisé dominant le vallon à l'ouest, on distinguait alors, sur la clarté des champs, la ferme du Peyradoux masquée depuis par de hauts pins funèbres. Dans le train de Paris déjà, puis dans le car qui s'approchait de Saint-Génis, Louison avait lancé ce nom comme celui de son vrai pays, lieu qu'aujourd'hui encore je préfère ignorer, que je confie à son mystère.

Né à Asnières-sur-Seine, fils de monsieur Francis, chef du rayon lingerie, Louison du Peyradoux quittait l'enfance avec des airs d'aristocrate. Il avait les dédains autant que les courages qu'on prête à la noblesse, erreur qu'aurait commise l'Histoire ou la nature en l'attirant dans une époque sans cause ou sans panache. Encore peut-on douter que l'Histoire et la nature se trompent maintenant plus que jamais. Misant sur les hasards, leurs maldonnes sont aussi des atouts qu'elles gardent dans leur manche.

Louison nécessairement m'avait vu venir dans la clairière. Tout à sa pêche, il m'ignorait encore. Pour lui rendre son mépris, je m'étais mis au dessin, clignant de l'œil vers mon crayon tendu comme au lycée devant les plâtres antiques.

À la fin, il avait quitté l'eau. Nonchalant, il s'était approché et il m'avait offert sa main. J'allais me réjouir d'une amitié qui m'honorait quand je m'étais retrouvé au sol, plaqué, nez dans la mousse. Riant du bon tour qu'il m'avait joué, il s'était allongé lui aussi, nu sans vergogne et les bras sous sa tête. Assis, je crayonnais sans conviction, prêtant l'oreille à ses propos. Il savait qui j'étais, où je logeais, combien Jeanne avait de vaches et où étaient ses prés. Mieux que moi, il connaissait les gens de la Bastide.

Puis soudain il s'était dressé, pour me prendre le carnet des mains. N'y jetant qu'un bref coup d'œil comme s'il y avait au monde mille passions plus sérieuses que le dessin, il l'expédia, désinvolte, sur la mousse. Montrant sa pêche, il avait dit :

« Si tu me jures de remplir une mission, je t'apprends à attraper ce poiscaille. »

J'avais promis et nous nous étions levés.

Le torrent assagi quittait maintenant les bras où les pluies écartaient son cours. Quelques truites y restaient prisonnières. On les voyait filer au-dessus des galets. Il fallait les poursuivre en aveugle sous les pierres ou dans l'ombre des souches, les retenir à deux mains pour les jeter sur la berge. D'abord leurs convulsions m'avaient fait lâcher prise. J'avais dominé mon dégoût, et bientôt deux succès renforcèrent mon ardeur.

Une autre contorsion m'avait jeté à l'arrière. Assis dans l'eau, j'avais poussé un cri. Ma quête aveugle sous les racines m'avait fait déloger une couleuvre épaisse comme mon poignet. En glissant de son long sur mes chevilles, moitié rampant, moitié nageant, elle avait regagné la rive.

Je me rappelais tardivement les mises en garde de Charles. D'une main encore tremblante et du bout d'une baguette, j'avais levé un à un mes vêtements dans la crainte d'y trouver un aspic. Louison méprisait mes terreurs. Pendant que je me rhabillais, il s'était emparé de mon carnet. Sans façon, il y griffonnait au moyen du crayon que je glissais dans sa spirale. Comme j'approchais, il arracha la feuille qu'il plia aussitôt.

« C'est ta mission. »

Disant cela il me tendait le message plié, mais déjà il le rattrapait.

« Jure d'abord de ne pas lire.

– Je jure.

– C'est pour Yvonne.

– Yvonne ?

– Yvonne Chouvaye. »

Par Louison qui vivait au-delà des bois à la ferme du Peyradoux, j'appris l'existence d'une Yvonne qui était ma voisine, fille d'Étiennette, la sœur de Jules Chouvaye, le riche meneur de bœufs.

Je n'avais pêché que deux truites quand il m'en fallait trois. Louison, bon prince, m'avait accordé l'une des siennes. Il haussa les épaules en voyant mes efforts pour les retenir ensemble. Leurs corps glissaient l'un contre l'autre et retombaient dans l'herbe. Pour me venir en aide, il ouvrit son couteau, découpa un berceau d'écorce où il plaça les truites dans des feuilles de fougère. Lié de chèvrefeuille, ce paquet me semblait digne de Fenimore Cooper. Quand je m'apprêtais à remonter vers la Bastide, il avait enfoncé le message dans la poche de ma chemisette.

« Tu t'arranges pour qu'elle l'ait d'ici demain. »

Puis, m'ayant rattrapé par l'épaule :

« Sans lire et sans que Chouvaye le voie. »

D'Yvonne je connaissais la voix. Je l'entendais quand elle sortait ses vaches ou nourrissait les poules. Un jour où j'espérais rencontrer Marinette, c'est elle que j'avais vue. Elle revenait avec une brouette. Deux fois par jour, elle emportait ses bidons de lait jusqu'au carrefour de Sartarelle où passait le ramassage.

Au fil du temps, j'apprendrais de différentes sources ce que tout le monde savait d'Yvonne et ce que pensaient certains. À l'époque, elle allait sur seize ans. De la maison de Jeanne, par le soupirail de la cave, on l'entendait se disputer avec son oncle Chouvaye qui était jaloux d'elle, du moins le disait-on. On admettait aussi qu'il avait ses raisons et qu'il voulait la préserver d'une séduction dont s'était retrouvée victime sa sœur, célibataire comme lui et que d'abord j'avais prise pour sa femme.

Après l'heure de la traite, le roulement de la brouette m'informait du départ d'Yvonne. Avant de la rejoindre à bonne distance de la Bastide, je l'avais suivie de loin sur le chemin de Saint-Génis. L'effort qu'elle devait faire pour diriger son chargement entre les pierres et les nids-de-poule imposait à son corps des déhanchements nerveux dont frémissait sa blouse. Elle m'avait jeté un regard par-dessus son épaule. Je n'étais pas encore près d'elle qu'elle me parlait déjà :

« Si c'est ton amoureuse que tu cherches, il y a déjà longtemps qu'elle a rentré ses vaches. »

J'avais senti le sang me monter au visage. Non seulement Yvonne dont jusqu'ici j'ignorais à peu près l'existence connaissait, elle, la mienne, mais, informée mystérieusement, elle révélait, d'un mot, mon sentiment pour Marinette.

Comme nous arrivions au carrefour, j'avais tiré le message de ma poche. Je le tendis à Yvonne qui, comprenant d'où il venait, s'en était emparée pour le lire. La laissant au plaisir qui lui faisait un plus beau visage, éclairé du dedans, j'avais cru prendre seul le chemin du retour mais elle m'avait rejoint en courant avec sa brouette où tintaient deux bidons qu'elle rapportait vides chez elle. La sueur qui lui mouillait les reins lui plaquait sur la peau l'étoffe fine de sa blouse.

« Ta Marinette, tu peux la voir dimanche, m'avait-elle dit en reprenant son souffle. Tu n'as qu'à dire à Jeanne que tu vas à la messe. »

D'instinct, et tout en respectant ce qu'elle appelait les « idées » de mon père, ma mère avait voulu que j'aille au catéchisme. Ce bon sens qui veut qu'on ne mette jamais ses œufs dans le même panier avait, jusqu'à une date récente, garanti l'équilibre de la France et poussé sa galère dans l'escadre des nations. Depuis, reconvertie qu'elle est à l'idéal commun du plein emploi et de la consommation, la ferveur des deux bords a réduit ses contrastes. Les fantasmes de l'électronique ont éclipsé la grotte de Lourdes.

Séparées par une courte pause, quatre messes du dimanche matin se succédaient à Sainte-Marie des

Batignolles. D'ordinaire, j'arrivais tardivement, libérant la salle à manger que ma mère souhaitait remettre en ordre pour le repas de midi. Si j'attrapais une messe après l'élévation, la bienséance dévote m'obligeait à rester – comme au Clichy Palace si nous manquions le début du film – jusqu'à l'élévation suivante. Je consacrais l'entracte à glaner des coulures de cierges. Avec un brin de coton, j'en faisais des bougies que nous brûlions à Noël.

« Autant de gagné, blaguait mon père, sur les profits de la calotte. »

Il était dit qu'une demi-heure avant la messe de Saint-Génis Yvonne viendrait me prendre chez Jeanne. Ses vaches qu'elle devait traire nous avaient mis en retard et nous avions couru. Elle se tordait les pieds à cause de ses chaussures trop hautes et d'une robe courte qui lui serrait les cuisses. Cette robe, elle l'avait faite deux ans plus tôt – trop grande alors – à son cours de l'école ménagère. Depuis, elle avait pris des formes, elle l'admettait mais sans s'en plaindre, contente en fait et rentrant le menton pour s'offrir en chemin une vue sur sa poitrine. En plus de la robe, elle avait les gants blancs du dimanche, un chapeau genre capeline qui battait le rythme de ses pas et un petit sac qui lui dansait au coude. Du sac qui contenait son missel et un mouchoir plié, elle avait pu, avant d'entrer dans Saint-Génis, extraire un poudrier pour tamponner son nez qui, d'après elle, brillait.

J'étais resté près de l'entrée de l'église, debout avec les hommes pendant qu'Yvonne allait au banc des filles où, de loin, j'avais vu Marinette coiffée d'un béret blanc. La messe commençait juste. C'est Marinette qui avait fait la quête dans une bourse de velours, devant Yvonne qui distribuait le pain bénit. Après l'office, tandis que l'assistance quittait l'ombre pour le soleil livré à deux battants, je m'étais attardé à regarder le sonneur qui tirait sur sa corde. Une autre corde pendait à l'aplomb du clocher. Louison lui-même, apparu tout à coup en renfort, était venu la prendre.

À deux sonneurs, c'était le grand carillon qui cascadait sur Saint-Génis. Les femmes emplissaient le Casino et les hommes le café où les tournées tintaient. Marinette, prévoyante, avait retenu d'avance le pain pour trois maisons, au total cinq couronnes qu'il fallut prendre chez le boulanger et remonter sans attelage.

Au plus fort de midi, nous avions amorcé la côte. Yvonne qui traînait derrière nous se retournait sans cesse. Finalement, elle s'était arrêtée pour revenir sur ses pas et nous avions continué seuls.

Derrière nous, au clocher de Saint-Génis, le carillon s'épuisait. Il boita sur une cloche, lâcha deux notes et finit par s'éteindre. Déjà Louison, s'élançant vers la côte, avait rejoint Yvonne devant la porte du maréchal. Il avait empoigné ce qu'il appelait son schlass – un vrai couteau à cran d'arrêt – pour tailler un bâton dans la haie du château, y avait enfilé les couronnes dont Marinette et moi, le tenant à chaque bout, avions reçu la charge.

« Avancez donc ! » criait Yvonne si nous faisions mine de l'attendre.

Elle nous chassait devant d'un geste de son chapeau qu'elle tenait à la main. Ses cheveux lâchés tombaient sur ses épaules.

Sans nous retourner, nous avancions de front. Comme un joug, le bâton embrochant les couronnes me liait à Marinette, imposant du même coup son écart que je maudissais et bénissais au même instant. J'aurais voulu prendre sa main mais il m'aurait fallu singer des gestes – à mon sens ridicules – que j'avais vus au cinéma. Tout film, y compris d'aventures, avait ses effusions sentimentales qui retardaient l'action mais que guettaient les spectateurs, et ma mère même au clair-obscur des salles. J'ai grandi et vieilli, mais il m'arrive encore de penser que notre Amour en s'inspirant d'Allah gagnerait parfois à se dispenser d'images trop réductrices.

De ce dimanche ensoleillé date mon incertitude concernant ma nature profonde. J'entrevoyais déjà que je n'étais pas simple mais multiple et contradictoire. Si, comme le philosophe, j'étends mon cas à l'humaine condition, j'en déduis aujourd'hui que notre ego est une espèce de république, très exposée aux putschs, où s'affrontent des partis qui dominent tour à tour.

Les paroissiens s'étaient peu à peu dispersés par les voies et les raccourcis conduisant aux villages ou aux fermes solitaires. Après une sente touffue menant de biais vers le Peyradoux, nous nous étions retrouvés seuls sur le chemin de la Bastide. En route, et pour cacher mon trouble, j'informais Marinette des progrès de mon travail. J'avais maintenant plusieurs croquis du défilé rocheux où Louison attrapait des truites. Pour mieux la contenter, j'avais su résister à l'envie d'y placer des Indiens fumant la pipe ou déterrant la hache de guerre. Il était convenu que je les déposerais sous une pierre dans la cabane des Sagnes où elle pourrait les prendre. Elle savait, disait-elle, où les mettre mais c'était son secret qu'elle révélerait plus tard. Maintenant, elle se taisait. Lentement, nous approchions de la Bastide où nous allions nous séparer et elle baissait la tête comme j'avais vu qu'elle faisait à l'église en revenant de la sainte table.

Yvonne n'avait pas reparu. Pour y laisser son pain, nous avions dû aller jusqu'à la ferme où les Chouvaye guettaient dans leur cuisine. Le couvert était mis et Jules faisait semblant de s'intéresser à son journal écarté par-dessus les assiettes. Quand sa sœur eut pris les couronnes que nous extirpions du bâton, il accepta soudain de nous voir pour nous prendre à parti comme s'il nous rendait responsables de revenir sans sa nièce. Nous avions essayé de mentir disant que nous l'avions laissée au Casino où il y avait la queue.

« Elle n'avait rien à faire au Casino », disait Jules en tapant sur la table.

Étiennette fouillait son placard.

« Tais-toi donc ! » soufflait-elle.

Elle nous avait rejoints dans la cour pour nous donner des pâtes de fruits gardées dans une vieille boîte dont elles avaient pris le goût de fer.

Plus tard, de la maison de Charles et Jeanne, par la porte grande ouverte, nous avions pu entendre les échos d'une dispute où se chevauchaient la grosse voix de Jules Chouvaye et les piaillements d'Yvonne.

L'herbe s'y faisant rare, nos vaches avaient quitté les Sagnes pour le pré des Versannes. De sa pente exposée à l'ouest, à mesure que le soir venait, je voyais, dessinés en mauve puis passant au violet, le profil de plusieurs montagnes dont les noms m'étaient inconnus. Ramenant enfin mes bêtes, je remontais par un sentier raide sous la ferme des Ginestoux érigée sur un promontoire. J'avais parfois la chance d'entrevoir Marinette occupée dans sa cour. À cause des huit laitières que sa mère devait traire, elle rentrait avant moi. Les bras lestés de deux seaux, elle me souriait des yeux ou agitait une main, bref papillon, par-dessus son tablier bleu, plein du grain qu'elle jetait aux poules.

Ma mère m'avait écrit trois cartes qu'avait signées mon père, de Cannes, de Nice et de Menton. De retour à Paris, elle m'avait expédié un autre paquet surprise tamponné rue Mariotte. Il contenait des illustrés au parfum d'encre fraîche plus un livre sans images, *Salammbô* de Gustave Flaubert, recommandé pour moi par la marchande.

J'avais pu espérer que Marinette garderait elle aussi aux Versannes. Chaque jour, je pensais l'y trouver et, l'attendant, je passais mon temps à lire au bord d'une mare qu'on appelait « une serve » et où vivaient des tanches. Avec du fil et un hameçon abandonnés par Guy, j'avais pu en prendre une. Jeanne me l'avait fait frire dans l'ail pour cacher, disait-elle, le goût de vase. Charles avait bien voulu en prendre au bout de sa fourchette que j'avais levée jusqu'à sa bouche. Jeanne préférait les truites.

Un jour enfin j'aperçus un troupeau arrivé avant moi dans l'herbage. Sûr de voir Marinette, j'avais poussé Mignonne qui, prenant un acompte, pacageait le gazon du sentier.

Appuyé contre un peuplier, Louison me regardait venir. J'hésitais maintenant à lui tendre ma main. Sans nous saluer plus qu'il n'était utile, nous nous étions assis l'un près de l'autre, lui jouant sur un harmonica que son père, dirait-il, venait de lui envoyer, moi agaçant un nid de fourmis avec la pointe de mon bâton.

Au bout d'une demi-heure, Louison m'avait donné l'harmonica. Il disait qu'il n'en voulait plus. Nos vaches mangeaient, paisibles. Il m'en confia la garde et soudain, dédaignant le chemin, il traversa la haie et disparut vers la Bastide, façon de faire qui, devenant rituelle, se reproduirait dès lors de soir en soir.

Au pacage des Versannes, Louison toujours arrivait le premier. Pour meubler nos silences, il m'enseignait le judo, et c'était toujours moi qui devais l'attaquer et me retrouver dans l'herbe. Pour avoir quelquefois la chance d'être aussi fort que lui, je préférais jouer à la pichenette avec mon couteau à six lames et lui avec son schlass sur un carré de terre meuble d'où nous avions premièrement extirpé les racines et les touffes.

Ainsi patientait-il jusqu'au moment inévitable où, rappelé par une voix mystérieuse, il quittait nos parties. Me laissant son troupeau, il se levait soudain, disparaissait après la haie dans une lande où courait un sentier créé maintenant par ses passages. Une heure puis deux s'éternisaient au vent frais du vallon. Chaque fois plus tard et quand j'allais désespérer, il réapparaissait en haut du pré, poussant de la voix ses vaches qui prenaient le départ, m'empruntant au passage un de mes chers illustrés qu'il lirait, disait-il, en chemin et dont je retrouverais, accrochées aux buissons, les pages multicolores. Du versant où j'étais, j'entendais son troupeau qui franchissait le gué puis progressait, avec des craquements, des roulements de pierraille à travers la futaie abrupte qui, comme par un tunnel, l'élevait vers le Peyradoux, ses hauts prés et ses blés jaunissants.

Sur ces montagnes sans âge, les hivers étaient de vrais hivers et on faisait l'août en août selon la tradition des fables. Firmin du Boréal était cousin de Jeanne. C'est lui qui devait venir avec sa lieuse faucher le blé et l'avoine de Charles, non de l'Arctique comme j'aurais aimé le croire mais d'un bois révolu et réputé royal dont sa ferme conservait le nom. Comme il avait du chemin à faire, on lui improvisait un lit sur la planche du pétrin.

Il fallait « détourer » à la main pour que passe la machine. Dégageant une allée sur chaque bordure du champ, Firmin fauchait, jambes écartées et progressant d'un pied sur l'autre. Tous les quatre ou cinq pas, sa faux qu'il tenait à deux poings couchait en éventail assez de tiges pour assembler une gerbe que Jeanne enfermait dans ses bras. Puis elle la nouait avec un lien de paille qu'elle avait préparé et trempé de la veille. Cette gerbe, on eût dit un enfant qu'elle berçait puis écartait d'elle, embrassant le suivant déjà. Périodiquement, Firmin se redressait pour soulager ses reins et aiguiser sa faux avec une pierre qu'il sortait comme un pistolet d'un étui de bois fixé à sa ceinture, et il y avait aussi comme de l'amour – amour à mort – entre lui et la lame, sonore et redoutable, qu'il caressait près de sa joue.

Le soleil s'abaissait déjà quand les bœufs de Firmin qui jusqu'ici avaient ruminé sous un frêne s'étaient mis en mouvement entraînant la machine pareille à un moulin roulant et qui, broutant la paille, cliquetait comme une sauterelle géante. En moins de temps qu'il n'en avait fallu pour ouvrir son passage, elle fit du champ un chaume.

Il faisait lourd le lendemain et l'orage menaçait. Avant midi, l'avoine était à terre. Puis il avait fallu faire les pignons – qu'on nomme ailleurs des meules – avec les gerbes que Jeanne et moi portions jusqu'au milieu du champ. D'un rang sur l'autre, Firmin les ordonnait en rond, élevait sa tour qui finissait en hutte. Huttes d'or aujourd'hui disparues mais qu'on voyait partout alors et dont je me souviens comme des chardons cuisants que j'empoignais sans gants, croyant saisir la paille.

Au dernier tas, à peine l'avais-je saisie que m'échappa la dernière gerbe. Une bête était dessous, lie-de-vin dans la pâleur de la terre et du chaume, ramassée dans son cercle et qui me haïssait de toute sa peur. Sans l'avoir jamais vue, j'avais reconnu l'aspic.

VI

La Batteuse

POUR DISPOSER UN PEU DE SON TEMPS et le consacrer à Charles, Jeanne avait fait clôturer son pré de la Redonde. Ainsi, sur la commune de Saint-Génis, était-elle la première à mettre des bêtes au parc.

À l'origine, la ronce artificielle est l'invention des hommes qui, au nom de prétextes évanouis, s'étaient parqués eux-mêmes sur des champs labourés d'obus où les trouvait plus aisément la mort. S'il est admis que les guerres encouragent le progrès technique, il faudrait malgré tout un demi-siècle pour que, depuis Verdun, après les stalags et les camps, le barbelé, ayant gagné le reste de la France, s'empare enfin des prés du Livradois et y interne à son tour l'animal. À l'approche d'un nouveau millénaire s'achevait la vieille errance partie des forêts primitives où les troupeaux mêlés aux hardes transhumaient de clairière en clairière. Là où hier tant de sabots levaient la poussière du chemin, la vision d'un seul veau gambadant sur l'asphalte provoque aujourd'hui un scandale que dénoncent les klaxons. Devant nous, en l'espace d'une vie, une ère nouvelle se met en place au profit des libres machines qui convoitent nos campagnes.

À la fin du mois d'août, pour laisser aux autres pâtures le temps de se refaire, les bêtes furent mises au pré fermé de la Redonde. Il suffisait de les mener après la traite du matin et de les ramener avant celle du soir. Pour quelque temps, les loisirs dont je disposais furent presque exclusivement consacrés à Göring.

En mémoire du premier qu'avait baptisé Guy, tous les cochons qu'avait eus Jeanne depuis la guerre s'appelaient successivement Göring dans une suite de résurrections pareilles à celles du dalaï-lama.

Compte tenu du destin qui leur est réservé, il y aurait du cynisme à aimer les cochons. Nous ne pourrions sans remords les juger dignes de notre affection ou capables d'une intelligence que nous prêtons plus aisément à d'autres espèces comme le chat ou le chien et plus généralement à l'homme.

Il y avait pourtant de la tendresse dans la façon dont Jeanne évoquait l'animal auquel nous devions le saucisson décroché de la poutre ou le jambon qu'elle tranchait pour le repas du soir. Elle me livrait des anecdotes.

« Les cochons, disait-elle, ont eux aussi leur caractère, il n'y en a pas deux pareils. »

Göring, tel que je l'ai connu, était d'un naturel joyeux et amical. Il y avait du plaisir à lui ouvrir la porte. Aussitôt, il plongeait son groin dans un seau de petit-lait que nous préparions d'avance et sans lequel il se serait jeté vers nous, quitte à nous renverser, pour se frotter comme un chat à nos jambes. Pendant qu'il vidait le seau, nous pouvions l'étriller, opération qu'il appréciait et dont il attendait la fin pour commencer une cavalcade. En compagnie de la chienne, il galopait vers un jardin que Jeanne avait à l'écart des maisons. Si je tardais à le suivre, il revenait vers moi puis repartait et s'arrêtait encore, m'invitant à courir.

Le jardin, prolongé en verger, contenait un cerisier géant d'une variété particulière. Comme ses pareils que je n'ai vus qu'à la Bastide, il produisait jusque tard en été des nuées de cerises à demi sauvages dont se gavaient les oiseaux et qui jonchaient le sol. En compagnie de Brunette qui ne les aimait pas moins, Göring les dévorait, noyaux compris, jusqu'à s'enfler un ventre qu'on aurait dit gras avant l'heure. Suivait, pour vingt minutes, une sieste à trois au revers d'un talus.

Puis Göring retournait au cerisier. Lorsque la nourriture finissait par manquer, il s'arrêtait, levait le groin en m'appelant de l'œil et j'agitais les branches. À la fin, fatigué du jeu, je prenais le chemin du retour. Il faisait mine de fouiller l'herbe encore jusqu'au moment où je franchissais la clôture du jardin. Il me rejoignait alors, caracolait en émettant des sons qu'on aurait pu traduire. De lui-même, il rentrait dans sa loge, heureux de se retrouver chez lui dans une paille neuve. Dès lors, appuyé à deux pattes sur le haut de sa porte, le regard un peu ivre, il semblait nous sourire et jouir de son destin.

Il nous faisait confiance.

Quand je revenais de la Redonde où j'avais mis nos vaches, il m'arrivait de croiser Marinette. Il y eut d'autres orages. Plusieurs fois sous son parapluie nous étions retournés faire la tournée des maisons vides. Nous glanions maintenant les bougies qui jaunissaient dans les placards.

Cachée du côté des Versannes par un taillis de frêne qui croissait dans sa cour, l'une des maisons contenait une paire de candélabres dont Marinette disait avoir besoin. La porte, quand nous avions voulu tourner la clé, s'était ouverte d'elle-même. À l'intérieur, une marche de l'escalier conduisant au premier étage avait été pourrie par l'une des fuites de la toiture. Elle s'était effondrée sous mes pas et j'avais dû me tenir au mur pendant que ma vue s'accoutumait.

Les fenêtres n'avaient plus de volets mais le feuillage des frênes obscurcissait la chambre où nous étions entrés. Marinette s'était avancée pour s'emparer d'un des bougeoirs monumentaux ornant encore la cheminée surmontée d'un miroir piqué et poussiéreux. À mon tour je saisissais l'autre quand le reflet incertain m'avait signalé une présence dans le lit en alcôve.

De légers soubresauts animaient l'édredon comme aurait fait un rire secouant un ventre. Sans l'alerter inutilement, j'emboîtai le pas à Marinette qui sortait de la chambre, mais à peine avait-elle atteint la porte du vestibule que, s'étant retournée, elle avait eu un cri. Elle fixait derrière moi la cime obscure des marches où m'apparut Yvonne, dressée dans l'embrasure comme un spectre crayeux. Je la vis s'élancer au palier suivie de sa blouse dont elle passait les manches. Jaillie de l'édredon, elle ne voulait plus rire. Ses deux seins frémissaient mais c'était d'inquiétude ou d'exaspération et sa main droite en vrille pointait sur Marinette un index de menace :

« Si tu vas dire que tu nous a vus, j'expliquerai à ton père que tu voles les bougies des morts. »

Nous avions fui sans refermer la porte. Tenant le parapluie à deux et butant parmi les décombres, nous avions remonté la pente sous la maison des Ginestoux. J'avais quitté Marinette à sa grange et couru sous l'averse jusqu'à l'étable où Jeanne achevait de traire la Ribande. Tandis que je donnais le biberon au veau, mes mains tremblaient presque autant que celles de Charles, moins par crainte des menaces d'Yvonne que de l'avoir vue nue.

Cette époque était chaste encore, la pub presque innocente et l'amour moins lubrique. Pendant l'année de ma sixième j'avais vu les statues du Louvre sous la conduite du professeur d'Histoire. La nudité de Vénus était toute théorique mais celle d'Yvonne, inattendue, agressive et fragile à la fois, m'avait ému profondément. Un demi-siècle plus tard, si je ferme les yeux, je la retrouve imprimée comme un éclair sur ma rétine avec l'ombre de sa toison dense, triangulaire comme un chanfrein d'aspic.

Après l'époque de la moisson, Louis Ginestoux, quittant souvent sa ferme, était allé aux alentours, jusqu'à Varenne ou Sainte-Solange. Il y faisait des journées de batteuse qu'on lui rendrait en temps voulu, une fois son tour venu de battre à la Bastide. À cause du chemin qu'il devait faire avec ses bœufs, il s'absentait parfois deux ou trois jours de suite. Marinette et sa mère, qui s'appelait Mireille, en profitaient pour respirer un peu et vivre à leur façon.

S'il arrivait que Mireille s'offrît comme une vacance d'aller elle-même garder ses bêtes et tricoter un peu du côté de la Redonde, Marinette me rejoignait sous le cerisier de Göring puis je l'accompagnais chez elle. Je l'aidais à nourrir ses lapins ou à charrier de l'eau que nous pompions dans la cour.

S'il était sec, nous décrochions le linge du fil et nous mettions d'avance les assiettes sur la table. Alors, si nous avions fait vite, nous disposions, jusqu'à l'orée du soir, d'un bon morceau d'après-midi.

Il y eut un jour où Marinette, ayant quitté son tablier et troqué ses sabots contre une paire de sandalettes neuves, m'entraîna dans sa grange. De là, par une échelle, on accédait à la fenière. Le foin, épais en cette saison, nous haussa vers une brèche qui traversait le mur. Au-delà, un escalier de pierre montait en tire-bouchon jusqu'à un pigeonnier dont m'apparurent les alvéoles. Pendant que je les visitais, cherchant vainement des œufs, Marinette s'était esquivée, avait ouvert puis refermé sur elle une porte étroite et basse. Si je l'appelais au travers du bois elle me disait d'attendre. Je la menaçais de redescendre quand enfin elle m'avait rouvert. Franchissant un portillon bas, j'arrivai dans une pièce voûtée comme une chapelle et ronde comme un cul de four.

Ce lieu secret que Marinette avait organisé pour m'y recevoir brasillait d'une douzaine de bougies fichées sur des bouteilles ou portées par des candélabres et des bougeoirs de cuivre. Les dalles du sol étaient partiellement couvertes par une descente de lit où deux gros oreillers à rayures étaient posés en guise de sièges. Entre les deux, une petite caisse portait, sur un napperon, deux tartelettes aux cerises sauvages.

Autour de nous, à des chevilles de bois enfoncées dans les joints des pierres étaient pendus les cadres rapportés des maisons en ruine. Ils contenaient les dessins que je déposais à la cabane des Sagnes. Au-dessous, sur des planches soutenues par des piles de revues d'avant-guerre, s'alignaient, près du verre à pied, de l'ange de porcelaine et de la pierre d'améthyste, un bouvreuil empaillé, une pendulette, un phonographe avec ses disques dans leurs pochettes fanées et, sous son globe, un bouquet de mariée passé du blanc au bistre.

Nous avions mis un disque sur le plateau du phonographe. Nous tournions une petite manivelle puis abaissions l'aiguille sur le sillon d'où arrivait, lointaine et nasillarde, la voix d'un chansonnier d'antan qui riait dans l'au-delà.

Dans les jours qui suivirent, l'idée nous vint qu'il nous fallait des livres. Marinette en avait découvert au cours de ses explorations. Mis à part une arithmétique et de vieux almanachs, c'étaient de pauvres missels d'où s'échappaient des images pieuses.

J'apportai *Salammbô*. Pendant que Marinette rallumait les bougies, j'entrepris de lire pour elle : « C'était à Mégara, faubourg de Carthage, dans les jardins d'Hamilcar... »

Plusieurs fois, dans les jours qui suivirent, j'avais repris cette lecture bourgeoise à prétexte historique. J'étais impressionné par son horreur fastueuse qui, au fil du récit, attristait Marinette. Elle n'aimait pas qu'on coupe la chevelure des femmes pour faire des cordes de catapulte, ni qu'on emploie la graisse des morts pour lubrifier les roues des chars, ou leurs ongles pour garnir des cuirasses. Ni qu'on mutile les éléphants, ni qu'on batte les esclaves.

Marinette refusait que tant de laideur puisse jamais exister. Elle avait vu chez elle le cochon qu'on égorge, le doux lapin qu'on saigne en lui extirpant l'œil. Elle rêvait d'autre chose. J'arrivais quant à moi de Paris où le meurtre est du cinéma, où la viande achetée morte revit au frétillement de la poêle. Pour jouer au fort et lui prouver qu'au chapitre des horreurs la vérité, ancienne ou plus récente, peut dépasser encore le rêve des écrivains, je lui parlais d'Oradour, de la guerre et des camps. Elle bouchait ses oreilles à deux mains. Révisionniste à sa façon, elle me traitait de menteur.

J'avais remporté *Salammbô* et nos curiosités se tournèrent vers la musique que nous découvrions ensemble. Les disques dont nous disposions avaient appartenu à un voyageur de commerce revenu pendant la guerre au logis de ses vieux parents. En plus des chansonniers, nous avions une fanfare de Méhul, *Sur un marché persan,* l'ouverture de *La*

Traviata et le *Prélude à l'après-midi d'un faune*. Pour raviver le son, je repointais les aiguilles sur une meule. Du cœur d'un grésillement, la flûte du faune semblait naître d'un après-midi dans nos prés qui vibraient d'insectes. Cependant, les bougies s'épuisaient et, bien qu'il nous fallût monter jusqu'au-dessus des toitures pour atteindre le salon secret, nous avions le sentiment de rêver dans une cave.

Pour éclairer notre refuge, j'entrepris d'arracher une vieille tôle qui bouchait sa fenêtre étroite. J'avais dû m'y reprendre à deux fois – apportant, la seconde, une paire de grosses tenailles – avant de pouvoir enfin dégager l'ouverture puis, l'ayant enjambée, j'avais entraîné Marinette sur les vestiges d'un chemin de ronde bordé d'un parapet. La maçonnerie ancienne, hérissée d'herbes folles, dominait d'un côté la ferme et de l'autre un pays immense. Plus bas, le mur plongeait jusqu'à la roche et au vallon où bruissait le torrent. Au-delà, par-dessus plusieurs croupes boisées paraissaient les montagnes violettes que je voyais de mon pré quand je gardais aux Versannes. Marinette, les montrant du doigt, les nommait une à une. À gauche, le Peyradoux, hostile et bienveillant, image contradictoire de l'existence. En retrait et tendant vers le nord, s'élevait le cône d'une montagne solitaire où, disait-elle, avait vécu une reine. Éblouie par l'espace, elle se tenait à mon épaule et, d'un geste de chevalier, j'avais saisi sa taille. Cette reine, à ce qu'on disait, était très belle mais si aventureuse qu'on avait dû lui interdire de quitter son château. Pour la distraire, des poètes arrivaient de partout et elle, à sa fenêtre, jouait du luth qui était une espèce de guitare.

Et tout portait à croire que nous étions nous-mêmes habitants d'un château dont nous pouvions nous dire le poète et la reine.

Cependant, la batteuse approchait. Du haut de notre tour, s'il soufflait un vent d'ouest, nous l'entendions siffler comme une locomotive. Elle arrivait de Montméane et nous avions vu sa fumée sur les hauteurs du Peyradoux. En bas, Saint-Génis l'avait retenue pendant toute une semaine. Enfin, un attelage à quatre paires de bœufs l'avait montée à la Bastide, lentement, avec des pauses pendant lesquelles blaguaient les hommes appuyés sur leur aiguillon.

Il fallut démonter les pignons pour amener les gerbes sur les chars qui tanguaient et grinçaient de leurs quatre roues. Devant la ferme des Ginestoux, une usine agricole avait, pour peu de jours, envahi un espace communal qu'on appelait le coudert. Chacun y avait pris son poste dans une brume de poussière et de balle volante qui retombait comme neige jusque sur les toitures.

Une longue courroie entraînait les mouvements de la batteuse proprement dite. Elle amenait l'énergie d'une machine à vapeur pareille aux plus anciennes locomotives et surmontée d'une cheminée géante crachant une fumée noire constellée d'escarbilles. L'homme qui la gouvernait avait perdu un avant-bras dévoré par ses engrenages. De cette main sacrifiée à la mécanique et remplacée par un crochet, il usait comme d'un sceptre qui semblait consacrer l'alliance de la chair et du fer. Le crochet ranimait la braise, piquait un bœuf ou tirait un anneau pour régler la pression.

D'un groupe à l'autre, Yvonne et Marinette, seules filles de la Bastide, versaient aux hommes le vin qu'elles apportaient des caves. Entièrement à leur tâche, elles allaient et venaient sans cesse. Yvonne riait, fière de son torse qui, où qu'elle arrivât, semblait prendre les devants. « Arrête ton char ! » répondait-elle, contente, aux avances d'un meneur de bœufs. Mot de Paris qu'elle devait à Louison.

J'avais été chargé d'abreuver non les hommes mais la machine elle-même au moyen d'un tonneau sur roues que tiraient deux des vaches de Jeanne. J'entraînais mon attelage jusqu'à une serve située sous le village. Là, je faisais mon plein avec un entonnoir et un godet emmanché à une perche que j'enfonçais dans une eau verte où sautaient les grenouilles. Quand la bonde refoulait, il fallait remonter la pente. Je maniais l'aiguillon et fouaillais pardessus le joug. Entre les roues grinçantes, mon tonneau vacillait sur la roche mais s'élevait sans faillir. J'en éprouvais une gloire qui chatouillait mon cœur.

J'aurais voulu que non seulement mon père mais également Beudot, Grimbert et Clairembart puissent m'admirer depuis Paris.

Sans mon eau, c'est-à-dire sans vapeur, la machine eût perdu sa puissance admirable. J'étais conscient de ma responsabilité. Si le patron ne me parlait qu'à peine, se contentant de m'indiquer du crochet l'endroit où il fallait que j'arrête mon tonneau, c'est que nous étions complices, tacitement, du même et noble ouvrage. À nous deux – lui au feu, moi à l'eau – nous produisions le blé qui coulait dans les sacs et d'où naîtrait le pain qui fortifie le corps de l'homme et, partant, son esprit dominant la bête brute.

Jamais, depuis cet été lointain, ne m'a été rendue la chance de croire ainsi, à l'exclusion du doute, au bien-fondé de l'un de mes actes.

À peine avais-je amené mon tonneau qu'un autre voyage déjà s'avérait nécessaire. À force d'élever ma perche vers l'entonnoir, mes bras se durcissaient de fatigue. Oubliant peu à peu sa grandeur, je ressentais plus durement l'exigence du travail.

L'accablement aurait pu m'envahir si la machine, enfin, n'avait sifflé la trêve qu'elle accordait aux hommes. Les courroies s'apaisèrent, les pistons et les bielles suspendirent leur vacarme. Un dernier sac fut emporté tandis qu'étaient bâchées les gerbes en attente. La poussière qu'on avait respirée depuis l'aube tombait avec le jour.

De longues tables à tréteaux avaient été dressées chez Ginestoux, dans la plus grande des granges où les hommes arrivaient peu à peu, en se fouettant de leur casquette pour chasser les fétus. Ils s'asseyaient, cédant leur importance aux femmes qui apportaient le vin et les marmites, puis, cambrées, les pâtés en croûte sur des plateaux de bois. Depuis la veille, elles chauffaient le four commun. Elles en avaient sorti la braise. Dans la chaleur intense retenue sous la voûte, elles avaient cuit les tartes et les « millards » truffés de censes cuites, puis les tripoux, la viande, les gros plats de pommes de terre au lard.

Premièrement la fatigue imposa un silence. Une fois la soupe servie, on n'avait entendu que la succion des lèvres happant trente cuillerées ensemble. Vinrent des pâtés qui précédaient la viande proprement dite. Chacun fouillant sa poche en sortait son couteau, l'ouvrait pendant que des appels s'élevaient d'un bord à l'autre des tables. Les voix s'entrecroisaient. La nourriture fouettait et ravivait le sang. Un brouhaha ponctué de cliquetis saturait toute la grange. Après le fromage partirent les chants dans une langue qui m'était obscure. Ils éveillaient une joie dont j'étais retranché, que j'entendais pourtant sourdre des ventres, dilater les poitrines, s'y comprimer puis voler en éclats qui faisaient aboyer les chiens et mugir les étables.

La fatigue et le repas partagés reléguaient pour un soir les vieilles rancœurs toujours latentes. On voulut faire chanter aussi les femmes mais elles partaient, riant fort et secouant leur torchon comme pour chasser des guêpes. Elles revenaient bientôt apportant leurs millards ou le café préparé à l'avance et réchauffé dans une casserole à couvercle, versé dans le même verre qui avait contenu le vin et recevrait la gnôle. Debout maintenant près du passage conduisant aux cuisines, elles regardaient les longues tablées et ce bonheur fugitif qui était leur ouvrage. Quelques-unes apportaient leur chaise tandis que sur une poutre où pendaient les ampoules un loir désorienté courait d'un mur à l'autre.

À la demande de tous, Étiennette se releva. D'une voix pointue, en français de Paris et balançant les hanches, elle chanta un air gai, puis *Mireille,* une chanson nostalgique, penchant un peu la tête et se tenant à deux mains au dossier de sa chaise. Ceux qui, depuis toujours, connaissaient les paroles semblaient les méditer, calant d'un poing leur tête. La fatigue rattrapait son monde. Comme s'ils allaient seulement pisser, les hommes partaient l'un après l'autre.

Le sommeil m'aspira pareillement quand j'eus regagné ma chambre et il m'avait paru que j'entrais seulement au lit quand siffla une locomotive comme au dépôt des Batignolles. Or, j'étais en Auvergne. Le jour pointait à peine et la batteuse battait déjà. Jeanne avait lié les vaches, il fallait repartir à la serve et y remplir la tonne.

Dans le matin gris, les hommes se voulaient mécaniques. Ils travaillaient sans se parler et mangeaient leur casse-croûte sur le tas. Tous avaient hâte maintenant de finir au plus tôt pour regagner leur ferme.

Yvonne avait servi le café qu'elle promenait de poste en poste. Elle distribuait l'eau-de-vie quand arriva Louison. Menant les bœufs du Peyradoux, il apportait les gerbes d'un champ que le patron de sa ferme avait près de la Bastide. Il prit une tasse qu'Yvonne tendait déjà pour le servir.

C'est à ce moment que Chouvaye commença à donner de la voix, en premier lieu pour expédier Yvonne. On l'entendait par-dessus le bruit reprocher au Parisien de rôder trop dans les parages. Selon lui, rien de bon ne venait jamais de Paris ni du Peyradoux.

« T'as rien à faire ici !... »

Il répétait sa phrase, dix fois, toujours la même. Hurlée bientôt, elle couvrit les réponses de Louison qui, pour se justifier, avait d'abord pris à témoin le manchot qui n'éleva son croc qu'en signe d'indifférence. Maintenant il se taisait et, à la parisienne, les mains enfoncées dans ses poches, il sifflotait, goguenard.

Puis tout s'était passé très vite. Chouvaye, livide, avait saisi le judoka d'Asnières qui s'était dégagé dans les règles, envoyant l'agresseur au sol. Aussitôt redressé, le paysan saisit sa fourche. Fourche à deux dents des foins et des moissons que Louison avait évitée mais qui s'était relevée traçant en l'air un cercle qui, derrière où j'étais, m'avait fouetté le visage.

J'étais tombé à la renverse. Quand j'avais cru porter la main à ma figure, une flaque de sang m'avait brouillé la vue.

Pendant que deux hommes me transportaient chez Jeanne, quelqu'un avait couru au téléphone public. On m'avait allongé sur la table couverte d'une toile cirée à fleurs avec, pour soutenir ma tête, un gros torchon plié que mon sang imprégnait. Les hommes, après être restés un peu, les bras ballants, étaient retournés au travail. J'entendais le bruit de leur batteuse.

Une moto ouvrit son chemin dans les encombrements momentanés de la Bastide. Le docteur Gueniet avait fait vite en prenant au plus court par le vallon rocheux qui monte de Sainte-Solange. Il resta presque une heure dans la maison de Charles et Jeanne. On y venait à tour de rôle pour prendre de mes nouvelles. J'entendis quelqu'un dire que Chouvaye m'avait arraché l'œil avec une dent de sa fourche. Je méditais cette catastrophe comme s'il s'était agi du meurtre ordinaire d'un lapin. Je m'étais mis à flotter dans une torpeur d'indifférence que Jeanne appellerait mon courage. L'inquiétude me donnait congé, le temps importait peu. Bienheureux détachement. Il me sera rendu, j'espère, à l'heure du vrai passage.

VII

Yvonne

LE LENDEMAIN, JE M'ÉTAIS LEVÉ TARD et Jeanne déjà avait conduit les vaches à la Redonde. Un silence sans couleur régnait sur la Bastide où j'errais désœuvré, l'esprit convalescent. Remportée par les bœufs, la batteuse avait disparu et sa poussière, diluée par une pluie tranquille, fuyait par les ornières.

Au-delà du coudert, j'avais trouvé Yvonne qui revenait avec sa brouette. M'apercevant sous ma pèlerine, elle s'était arrêtée au milieu du chemin. Elle pouvait voir que je marchais et que je n'étais pas mort. Déçue, aurait-on dit, et frustrée d'un vrai drame, elle me dévisagea, puis lâcha ses brancards. Les mains aux hanches, elle se mit à hocher la tête, attendant que je fusse plus près d'elle pour déclarer enfin :

« En tout cas moi, j'ai pris une belle volée ! »

Et, pour preuve d'un martyre dont elle ne voulait pas me laisser tout le bénéfice, elle avait relevé sa blouse. À la manière des opérés qui montrent leur cicatrice, elle me révéla les stigmates qui, à l'arrière des cuisses, la zébraient jusqu'aux fesses.

« Tout ça, c'est à cause de vous deux... »

Elle haussait le menton et rabaissait l'étoffe d'une torsion de sa croupe. Mentalement, alerté par l'éclat d'une peau dont elle faisait si peu mystère, je revis la maison des ruines, le doigt – vengeur déjà – qu'elle dirigeait vers nous et son corps apparu soudain, nu et phosphorescent, au palier de la chambre obscure.

J'hésitais à répondre. C'est alors que, sans transition, de crispée qu'elle était, son expression s'était ouverte et éclairée. Elle riait, satisfaite de mon trouble :

« Au fond je m'en fous. J'aime mieux le voir en colère que trop gentil. »

Elle parlait de Chouvaye.

« Du coup, ça l'a calmé. Toutes les fois qu'il entend du bruit, il se demande si c'est pas les gendarmes. »

Ébranlée par mon accident, Jeanne s'inquiétait pour ma santé. Elle me faisait des crêpes de pommes de terre râpées qu'elle appelait des « pachades » et venait me rejoindre quand je promenais Göring. La saison déclinait et les ultimes cerises étaient enfin tombées de l'arbre. Dépassant le verger, nous allions par des landes à genêts. Entre leurs gerbes odorantes subsistaient des clairières herbeuses où paradaient les chevaliers, champignons élancés que le dictionnaire Larousse, sur sa planche en couleurs, veut appeler coulemelles. Ce nom de chevalier me semblait préférable, il convenait à leur élégance. Jeanne les cueillait et, sans égards pour leur noblesse, jetait la hampe pour fricasser à l'ail leur calotte large comme une soucoupe.

Une autre fois, elle m'avait appris à reconnaître les rosés qui tracent en blanc des arcs dans l'herbe du regain, également les mousserons, parfumés et menus, que je mettais à sécher sur la table de ma chambre, comptant, comme m'y invitait Jeanne, les emporter à Paris à l'intérieur d'un vase « Souvenir de Saint-Génis-la-Tour » acheté chez le quincaillier Larive. Il suffirait, m'avait-elle dit, que nous les trempions dans l'eau pour qu'ils reprennent leur forme.

Cependant, ma plaie s'était cicatrisée et le docteur Gueniet qui commençait d'ordinaire sa tournée à moto par les hauts de Saint Génis était passé tôt un matin pour me retirer les fils. Quand Yvonne m'avait vu sans le pansement bourré d'ouate qui me barrait jusqu'ici la figure, elle s'était exclamée :

« Mais il a rien ton œil ! »

Sur son élan, elle m'avait pris la tête pour embrasser ma cicatrice qui faisait comme une bouche cousue qu'on m'aurait mise de biais sous l'œil.

« T'as eu de la chance. En plus, ça va te donner un genre. »

En cueillant avec moi les mousserons qui poussent à la Bastide jusque dans l'herbe des chemins, elle m'expliquait que les femmes aiment les hommes avec des tatouages :

« Une cicatrice, c'est encore mieux. »

J'étais sûr de la voir, si, vers la fin de l'après-midi, emportant *Salammbô,* j'errais à tout hasard du côté des Versannes. Nous descendions ensemble jusqu'à un frêne têtard où elle cachait des lettres destinées à Louison. Parfois c'était Louison lui-même que nous trouvions près du gué et je remontais seul.

« Tu m'attendras plus haut », disait Yvonne.

Elle tenait à ce que Chouvaye me voit revenir en même temps qu'elle à la Bastide.

« Tant que c'est toi, ça le rassure. »

J'avais fini par me vexer. Du coup, elle avait ri et sans que j'aie pu prévoir, profitant de sa taille supérieure et de ma chemise ouverte, elle m'avait effleuré d'une main vive. Honteux, je la repoussai mais elle riait de plus belle :

« Tant que tu n'auras pas de poils, tu seras comme qui dirait un bœuf. »

D'autorité, elle m'attira sur un talus. Pareille à Marinette qui m'enseignait la langue des bêtes, elle reprit son sérieux pour me faire sa leçon, révélant à mon ignorance ce qui manque à un bœuf. Elle m'expliquait ce qui fait de l'homme un homme et de la femme une femme. Puis renversée, gestes à l'appui, elle me montra bénévolement ce que je n'aurais osé demander ni à elle ni à aucune autre. Sur la mousse que son dos creusait, elle se contorsionnait dans une espèce de danse reptile, s'étirait bras en croix et saluait la nature qui fait si bien les choses.

Un zèle généreux l'animait :

« Tu n'es encore qu'un gosse. Dès que tu auras grandi je te ferai voir pour de bon. L'année prochaine peut-être... »

Quelles que fussent ses bontés pour moi, Yvonne restait certaine que nous l'avions trahie.

« Si ce n'est pas toi, répétait-elle, c'est sûrement Marinette. C'est elle qui a parlé. Elle aura dit chez elle qu'elle m'avait vu avec Louison, et c'est comme ça que mon oncle l'aura su. »

La vengeance qu'elle nous promettait dans la maison des ruines, elle l'avait accomplie. Pour moi, elle estimait que j'avais assez payé. Mais Marinette aussi devait avoir sa punition. Elle l'avait eue.

« Bien eue ! »

Au plus chaud de la dispute qui avait explosé chez elle après l'accident de la batteuse, Yvonne avait crié qu'elle n'était pas la seule à se promener dans les vieilles maisons. Cela faisait pas mal de temps que Marinette Ginestoux s'y promenait elle aussi et qu'elle jouait à voler les morts.

Louis Ginestoux, averti par Chouvaye, était entré dans une violente colère. Mireille avait pleuré. Par l'échelle et l'escalier rond, il était parvenu à la tour et aux vieux murs de l'ancien temps – on disait les chazaux – où s'appuyait sa ferme. Tous les trésors accumulés par Marinette dans son salon secret, il les avait sortis, jetés d'en haut à même le foin afin qu'elle les y prenne pour les remettre en place.

« C'était bien fait pour vous, avait conclu Yvonne, mais maintenant c'est fini. »

Et tendre, elle m'embrassait encore comme son petit frère ou un amant à venir.

Charles endurait de nouvelles crises. Pour en rapporter des remèdes, Jeanne avait dû aller jusqu'à Issoire. En pareil cas, elle se rendait à pied, « deux lieues par les coursières », jusqu'à Varenne où elle prenait un car qui descendait de Saint-Herment. Moins par bonté que pour l'exploit, l'idée m'était venue d'aller à sa rencontre. J'avais dit que je l'aiderais à remonter les remèdes, le pain et toutes les provisions qu'ainsi elle prendrait au passage.

De ma propre initiative, j'avais sorti deux vaches et lié leurs cornes au bois d'attelage. Dans la cour, près du puits, sous le regard de Charles qui m'observait de son lit par la fenêtre de sa chambre, j'entrecroisais la longue courroie de cuir. Je guettais son approbation. Il fallait distinguer les signes qu'il pouvait m'adresser de ceux, incohérents, provoqués par la maladie. Pendant que je m'efforçais de reculer les bêtes dans l'axe de la voiture, Yvonne qui justement passait, s'avisant de mon impuissance, m'avait levé le timon pour l'amener dans l'anneau du joug.

J'avais rencontré Jeanne à mi-parcours. Encombrée de paquets, elle semblait épuisée. Comme elle quittait Varenne, une auto l'avait dépassée, celle d'un boucher qu'elle connaissait mais qui promenait sa poule. Il n'avait pas voulu la voir. À Saint-Génis, nous avions pris le pain. La nuit tombait déjà. Des cliquetis de seaux arrivaient des étables où s'achevait la traite. Les lumières s'allumaient aux cuisines.

Les jours déjà se faisaient courts. Le Tonton s'apprêtait à fermer sa boutique d'où sortaient les buveurs que Jeanne appelait « les gourles ». Prétendant qu'il n'avait pas faim, il nous avait servi sa soupe qui tiédissait sur un réchaud puis prêté une lanterne que j'avais tenue devant pendant qu'au pas lent de nos bêtes nous remontions vers la Bastide.

Jointe aux tiédeurs attardées de septembre l'humidité avait levé les regains et nous avions quitté la Redonde pour à nouveau conduire les vaches aux Sagnes. Là, j'avais retrouvé Marinette. Son père ne quittait plus le terroir de la Bastide. On le voyait en bordure des champs abattre des buissons avec sa serpe et son croissant que, pour rentrer chez lui, il portait sur l'épaule comme un reître sa hallebarde. Par précaution, nous gardions nos distances.

Pour ne pas alarmer ma mère, j'avais minimisé mon accident. C'était assez pour qu'en consolation elle m'adresse un paquet d'illustrés avec un autre livre recommandé par sa libraire. De l'*Étonnant voyage de Hareton Ironcastle,* il me reste l'étonnement concocté par Rosny aîné. Quant au héros, j'en ai tout oublié. Si, à l'âge où je suis parvenu, le hasard m'amenait à relire son histoire, je la renierais peut-être comme je renie maintenant toute une part de moi-même ou comme, sous l'influence de Marinette, j'ai fini par douter de Flaubert et de ses Carthaginois.

Pendant que je lisais au pré, Marinette tricotait à distance. Il fallut un orage, dernier de la saison, pour nous réunir à l'abri. Courant en haut du pré nous avions écarté les fagots de la petite cabane où nous étions entrés, serrés l'un contre l'autre sous la tôle que frappait la grêle. Tous les mots que nous gardions par prudence, nous les avions hurlés.

Marinette n'avait pas trahi, comme le croyait Yvonne. La Jarlinote, cette vieille qui tout à l'heure nous épiait de son pré et qui maintenant rappelait ses chèvres, s'était chargée de nous nuire. Elle avait sa tanière près des ruines. À la boutique du Casino qui était son parloir, elle racontait des choses qui avec la batteuse étaient remontées vers la Bastide.

Marinette avait eu très peur. À me voir tout sanglant que j'étais sur l'aire de la batteuse, elle croyait que j'allais mourir. Je haussais les épaules. Tout ça, disais-je, n'avait plus d'importance. Nous approchions de la rentrée d'octobre. Dans une semaine, je serais aux Batignolles. Là, pour crâner, je lui décrivais ma ville et mon lycée, grand à lui seul comme son village. Descendant la rue de Rome comme de chez elle aux Sagnes, on se retrouvait en plein Paris où bat le cœur de la France et la cadence du monde.

Quand je croyais l'éblouir, Marinette s'était mise à pleurer. L'averse avait passé laissant un paysage givré de grêle. Nous avions rassemblé nos bêtes que nous suivions sous les genêts trempés. J'aurais voulu la consoler mais j'avais seulement dit :

« C'est dommage pour notre château. »

Elle avait dit :

« Ça fait pas rien. »

Et moi encore, pour la faire rire :

« Mais si ça ne fait pas rien, c'est que ça fait quelque chose. »

Par tradition, la fête de Saint-Génis avait lieu le premier dimanche qui suit le vingt et un septembre. Les grands travaux d'été s'achevaient. S'il faisait beau, cette position tardive dans le calendrier des réjouissances attirait les promeneurs en grand nombre. Ils arrivaient à pied ou à l'arrière des camionnettes. Contrairement à mon attente on ne voyait nulle carriole. Les chars à bancs pourrissaient aux orties. Deux guerres consécutives et leur lot de réquisitions avaient découragé d'atteler encore des chevaux qui d'ailleurs s'épuisaient sur des terres escarpées et rocheuses. Pour les labours, le charroi des moissons, les bœufs, lents mais infatigables, avaient la préférence.

Les familles qui venaient pour la messe du matin étaient reçues chez des parents. Sinon elles apportaient leurs victuailles qu'elles mangeaient dans une salle de café ou dans les prés voisins. Pendant que les femmes allaient à vêpres, les hommes aimaient mieux boire entre eux.

Ceux qui faisaient une sieste à l'ombre avaient été tirés de leur torpeur par une trépidation croissante, un martèlement soutenu, toujours plus proche, qui semblait venir de Varenne ou de Montméane. S'avançant sur la route, ils virent sortir des bois, crachotant par un tube de courtes fumées noires, une machine flambant rouge qui tirait une remorque à pneus.

Les paysans qui, vers la fin de l'hiver, descendaient à Issoire pour la grande foire de la Sainte-Paule connaissaient l'existence des tracteurs venus pour la plupart d'Allemagne ou d'Amérique. Ils tournaient bien un peu autour, entendaient le boniment des vendeurs et rapportaient, avec leur brin de mimosa, des prospectus qui traînaient une semaine sur la table avant de passer au feu. Ces machines qui les endetteraient n'étaient pas faites pour eux, affirmaient-ils encore, mais pour les grandes terres de Limagne où elles avaient leur raison d'être.

Léon Fournial avait franchi le pas. À l'entrée de Saint-Génis, il avait klaxonné pour que les chiens et les vélos s'écartent et il avertissait encore pour ouvrir son passage entre le tir et la loterie.

« C'est bien la peine, cria une gourle, que t'aies vendu tes bœufs pour arriver en retard ! »

Sans se laisser distraire, Léon Fournial pilotait gravement, jugé par son fils et son gendre assis de part et d'autres sur la sellette des garde-boue. Debout sur la remorque, et incertaines dans leurs sandalettes à talons, ses deux filles et sa bru se tenaient à la ridelle. Prêtes pour la procession, elles n'auraient pas voulu salir leur jupe ou leur corsage. Arrêtées brutalement devant l'église, elles sautèrent vers les marches en retenant leur chapeau.

C'était la tradition qu'après les vêpres une procession, quittant l'église, descendît premièrement vers le carrefour de Sainte-Solange où l'attendait une croix de fer enguirlandée de papier crépon. Elle remontait ensuite vers le château, au travers de la fête que le prêtre bénissait au passage. Porteur de l'ostensoir, il se tournait de part et d'autre vers les manèges et les boutiques qui – à la demande du maire, laïque respectueux – faisaient taire leurs musiques pour la célébration.

À la suite du bedeau en haut-de-chausses et bicorne s'avançaient les bannières suivies par le cortège des filles de la commune. Afin qu'il fût plus long, on y mettait les toutes petites qui marchaient tant bien que mal poussées par les plus grandes mais aussi les adolescentes qui avaient fait leur communion déjà et ressemblaient à des femmes. Toutes, quel que fût leur âge, portaient une couronne rose tressée chez les religieuses de l'école libre de Sainte-Solange. Ensuite, avec quatre enfants de chœur, marchait le prêtre qui à voix forte, quand faiblissaient les chants, relançait les cantiques.

Puis tanguait saint Génis lui-même. Doré, regardant droit devant avec ses yeux d'émail, il progressait sur un brancard transporté à l'épaule par quatre hommes cravatés, en gilet de noce ou d'enterrement et qui tenaient leur chapeau à la main. Suivaient les paroissiennes et leurs chapelets, campagnardes plantureuses ou vieillardes chevrotantes, puis des groupes de moins en moins pieux, de plus en plus bavards à mesure que la queue s'étirait, promeneurs qui goûtaient le beau temps et profitaient de l'occasion annuelle qui leur était donnée de traverser le parc du château livré de part en part. Depuis la grande grille forgée ouverte à deux battants, on s'avançait sur le terre-plein de la fontaine d'où l'œil plongeait sur Saint-Génis et sa campagne profonde.

Un reposoir était dressé sur le seuil du château lui-même. Entre les gerbes de glaïeuls, l'ombre du vestibule révélait la comtesse dans son fauteuil roulant et, derrière elle, Victoire qu'elle appelait sa gouvernante mais qui était tout aussi bien sa bonne, de la même façon qu'Anselme, homme à tout faire qui présentement distribuait la brioche, était son intendant.

Passant la deuxième grille, le cortège s'élevait par un sentier sous-bois jusqu'à une pierre qu'un historien local désignait comme druidique. Elle était surmontée d'une grosse croix de granit qu'on aurait crue antérieure à la pierre tant elle était grêlée et si travaillée par le temps qu'elle semblait toute pétrie dans une pâte mordorée comme le lichen dont elle était couverte.

De la butte du calvaire, la procession redescendait par un sentier herbeux contournant le cimetière, puis revenait au chemin de Saint-Herment qui, par ses embranchements, est aussi le chemin des Farges, de Sartarelle ou de la Bastide.

Devant la forge, un cheval était à l'anneau, sellé d'une selle antique à grosse monture de bois. Près de sa croupe à queue courte, se tenait Féroussat, redressé dans un vague garde-à-vous, le marteau à la main. Au passage des bannières et du prêtre, sans aller jusqu'à se signer il avait suspendu son travail. Si, de la queue du cortège, quelqu'un lui lançait le bonjour ou un plaisant sa remarque, il répondait « j'arrive ! » d'un geste silencieux des yeux et du menton à cause des clous qu'il tenait dans sa bouche. Le temps de rajuster un fer qui battait la breloque, il avait bien voulu tomber la veste, mettre le tablier par-dessus la chemise. Le garçon qui portait le sabot, tenant la courroie à deux mains, était resté calé contre le flanc du cheval. Plissant le front, il avait juste levé les yeux. C'était Louison du Peyradoux.

Sitôt que les cantiques s'étaient tus, les manèges s'étaient mis à tourner, les musiques à hennir et les stands à donner de la voix. La procession se diluait dans une foule où palpitaient les confettis. Aux sages petites qui gardaient leur couronne on achetait du pain d'épice. Comme à la fête de la batteuse, une joyeuseté offerte à tous emplissait de sa farce la croûte rugueuse du bourg dont tout pouvait faire croire qu'il était pour un jour le vrai pays du seul bonheur imaginable. De la buvette du haut à celle du bas, les groupes allaient sans but précis. Avec leur costume du dimanche, le même qu'ils porteraient bientôt pour prendre rang aux ombres du cimetière, les vieux, rescapés de deux guerres, marchaient écartelés, gardant d'une jambe à l'autre la mesure du sillon. Sans rides encore et sans stigmates, les enfants pêchaient dans la sciure, les vierges faisaient les folles et les conscrits de l'année se saoulaient par devoir.

Louison était descendu de la forge, à cheval comme un dauphin d'Auvergne ou un page du quattrocento. D'abord, en haut du bourg, on l'avait vu caracoler sur sa monture. C'était un hongre puissant, nommé Georgeot, qui rendait des services en tirant une araire dans les champs de patates. Le fermier du Peyradoux l'avait emprunté tout l'été à un vigneron de Mont-Margot qui l'attendait maintenant pour ses vendanges.

Sans qu'on puisse dire vraiment qui de la bête ou du cavalier orientait le déplacement, les deux, trottant de biais, avaient traversé toute la fête et Georgeot, apaisé, s'était retrouvé à un nouvel anneau près de l'entrée du café Thomas qu'encadraient deux genévriers fleuris de papillotes. À l'intérieur, en prévision du bal, la grande salle pour noces et banquets était ornée de petits drapeaux pointus et de guirlandes extensibles en papier rose et vert. Les tables avaient été remisées dans la cour et les chaises alignées sur le pourtour des murs. Quelques vieilles étaient venues s'y asseoir pour s'abriter de la cohue et retenir des sièges en y posant leur sac ou un parapluie noir qui leur servait d'ombrelle. En attendant l'arrivée des danseurs, elles se parlaient d'un bord à l'autre dans leur patois d'enfance. Une estrade qui, une fois par quinzaine, accueillait le projecteur d'un cinéaste itinérant était destinée à l'orchestre composé d'un accordéon, d'une batterie et d'un saxophone.

Pour le moment les musiciens finissaient de boire à la buvette installée sur la place et Louison, carabine en main, ajustait des cartons. Yvonne l'avait rejoint. Appuyée au comptoir du tir, elle surveillait la cible. Il fallait cinq impacts en couronne pour gagner une cocarde. Frisée qu'elle était de la veille, on aurait dit vraiment une femme. Si on passait près d'elle on respirait l'odeur exhalée par sa permanente. Son front s'ornait d'une frange haute où penchait la couronne comme un diadème canaille.

Après un paroxysme, la fête tendait à s'apaiser. Les valets qui remontaient traire et reviendraient pour le bal l'entendaient bourdonner au creux du paysage. Sur l'escalier de sa roulotte, une grosse femme en corsage à volants – la chanteuse fantaisiste – épluchait des légumes en attendant son heure.

Enfin, emportant son verre, le joueur d'accordéon avait pris place sur son estrade et posé l'instrument sur ses genoux comme il eût fait d'une bête ou d'un enfant. Il plissait l'œil du côté de sa bouche où brasillait la cigarette et sa tête qu'il penchait maintenant sur un premier accord lui donnait une expression tendre. On aurait dit qu'il découvrait les sons qu'il provoquait pourtant. Content d'eux, il s'était redressé. Sans autre avertissement, d'un brusque élan du buste, il attaqua soudain. Soutenu par le batteur, il envoyait la valse vers la salle presque vide.

Les indécis se pressaient dans l'entrée, couples qui se cherchaient ou attendaient le paso doble. Un mouvement, né de l'arrière, avait fendu leur petite foule. On avait vu Louison du Peyradoux qui entraînait l'Yvonne Chouvaye. Palpitante, elle était comme un cerf-volant dont il tenait le fil. Au centre du parquet désert, il l'avait amenée à lui, retenue du bras droit, non pour qu'elle atterrisse mais pour mieux décoller avec elle. De sorte qu'à eux deux ils ne faisaient qu'un tourbillon fouetté par l'accordéoniste. Comète à la queue tricolore, la cocarde qu'ils tendaient à bout de bras tanguait et englobait l'espace.

Mais, peu à peu, des pelotons jaloux rejoignaient les solistes. Une invasion longeait les murs, occupait toutes les chaises. Dix, trente valseurs investissaient la piste. Enchaînant à son tour, le saxophone avait mugi par-dessus les cymbales pour une grosse cavalcade dont vibrait le plancher.

J'avais dû me frayer un passage pour retourner vers les manèges où patientaient encore quelques parents. J'aurais rejoint la Bastide pour préparer mon sac si je n'avais tout à coup retrouvé Marinette, inaperçue depuis la procession. Pendant que sa mère s'occupait des laitières, son père tapait une quatrième belote. Au tir où tout de suite je voulus l'entraîner, je m'évertuai face aux cibles, espérant la cocarde que je m'étais mis en tête de lui offrir en souvenir des vacances. Contrairement à Louison, je manquais d'expérience. Mes impacts s'égaraient, et elle, patiente et raisonnable, déplorait que je perde pour elle ce qu'elle appelait « mes sous ».

Dans l'intervalle, Louison, abandonnant la danse, avait extrait Yvonne de la cohue du bal. Hormis nous qui nous approchions, nul ne se souciait d'eux. Il l'avait amenée près du cheval qui jusqu'ici semblait dormir comme si l'agitation et les musiques des hommes relevaient d'une inquiétude extérieure à sa sphère. Il redressa pourtant la tête quand Yvonne lui eut mis à l'oreille la cocarde tricolore dont les rubans, sitôt qu'il se mit en mouvement, flottèrent sur l'encolure.

Louison avait dénoué la corde avant de se caler dans la selle d'artilleur, surplus d'on ne sait quelle guerre inévitée et dispendieuse. Yvonne qu'il amenait à lui s'était haussée en croupe. Du bras droit, un instant inquiète, elle s'était amarrée. Du gauche, quand le cheval démarra, elle avait détaché sa couronne que retenaient encore ses boucles. En riant, elle me l'avait jetée.

Nous courions derrière eux mais déjà se creusait la distance. Le cheval avait pris son galop par un chemin de lisière qui, évitant les routes, montait directement vers Saint-Stéphène. Il allait vaillamment, emportant les amants comme un vent d'août la bale d'avoine. Pourtant, de Saint-Stéphène, aussi vite qu'il courût par le travers des chaumes, on avait peine à croire qu'il atteindrait avant la nuit le pic du

Mont Margot, sentinelle des Limagnes. Bien des années plus tard, Louison me raconterait de quelle façon lui et Yvonne s'étaient perdus, errant dans un vallon obscur, guidés, sur un sentier envahi de fougères, par le bruit d'un ruisseau qui cascadait près d'eux. Ainsi jusqu'à la porte d'un moulin perdu où brillait, dirait-il, une lumière.

Déjà le soir de septembre poussait l'ombre sur le dos des collines. Nous avions écouté décroître le tambour des sabots et nous pensions l'entendre encore en revenant vers le bal où battait la musique. Marinette s'était arrêtée devant une roulotte ancienne garée à l'écart de la fête. Sans l'embrasser comme j'aurais pu mais profitant de son immobilité, j'avais relevé sa natte qui, dénouée en panache, s'arqua pour battre sous sa nuque.

« À Paris, toutes les filles font comme ça. »

Elle me cédait sans protester, apparemment charmée par la roulotte qui avec ses dentelles aux fenêtres, ses pots de fleurs et ses volets verts offrait l'idée d'un rêve délivré des cadastres.

Sur l'estrade de la salle de danse, pour entonner *Étoile des neiges,* la chanteuse avait pris le relais du saxophone. J'attirai Marinette parmi la foule des couples de tous âges. J'aurais voulu m'envoler avec elle comme Yvonne et Louison. Faute de cocarde, je portais la couronne en brassard, mais l'espace nous était mesuré et, au lieu de l'élan que je souhaitais, nous étions ballottés dans un désordre bon enfant où chacun négociait le rythme à sa façon. Dès que l'accordéon reprenait l'avantage, restituant le parquet à la valse, nous revenions aux chaises pour tâcher de nous instruire en regardant les bons danseurs.

Puis nous avions quitté le bal et déserté la fête. Il restait juste assez de jour pour nous guider encore vers les hauteurs. Embarrassée par la couronne d'Yvonne, je m'étais arrêté pour la suspendre à un rameau. Au château qu'on voyait par un trou de la charmille, la comtesse de La Tour Saint-Génis offrait, selon l'usage, son hospitalité au prêtre. C'était l'heure du dîner et trois fenêtres brillaient au rez-de-chaussée. Après le clafoutis aux pêches préparé par Victoire, on prenait le tilleul près de la TSF où la Garde républicaine interprétait la marche de Radewski, dernière palpitation d'une vie d'aristocrate. Homme du vieux monde, le comte de Saint-Génis, mort depuis en oflag, passait les hivers à Paris et accueillait l'été les écrivains et les artistes. Le quincaillier Larive se souvenait respectueusement d'avoir vu André Gide, mort l'année précédente, jouer aux boules en personne sur le terre-plein de la fontaine et il s'émerveillait, quincaillier qu'il était, d'avoir pu quelquefois être à ce jeu son partenaire. Heureux temps des vrais écrivains, des vrais nobles et des vrais domestiques, des paysans, des ouvriers et des instituteurs. Les curés portaient la soutane, les plasticiens n'étaient qu'artistes et dessinaient encore. Chacun alors savait sa place et l'occupait de haut.

Montant vers la Bastide, si proche d'une Marinette dont rien ne me séparait, je m'étais mis à parler beaucoup. J'avais dit que je reviendrais et que nous grandirions. Faute de château, nous aurions nous aussi une roulotte comme celle de la chanteuse ou – mieux encore – pareille à celle d'un peintre que j'avais vu avec mes parents lors d'un voyage d'un jour en forêt de Fontainebleau. Cet artiste peignait les rochers. C'est ainsi qu'il vivait, paraît-il, entre Franchard et Barbizon avec sa femme, son cheval et un chat, nourri par son talent comme je le serais assurément moi-même.

La lune s'était levée derrière les bois de Sartarelle. Tout le bonheur dont nous étions capables était contenu dans les minutes qui nous étaient laissées et nous ralentissions pour qu'il y trouve sa place. Les étoiles plafonnaient l'Auvergne. L'une d'elles, le temps d'un vœu, s'était brusquement détachée et lancée devant nous, plongeant d'un trait vers l'horizon.

À sa dernière visite, il avait été dit que le docteur Gueniet visiterait Charles plus tôt qu'à l'ordinaire pour lui faire sa piqûre et qu'il me descendrait, sac aux épaules, à l'arrière de sa moto. Plus de deux mois avaient fui depuis qu'en sens contraire j'avais fait ce parcours devant une paire de vaches. Quelques minutes suffirent pour me ramener à l'autocar. À Saint-Génis, c'était le lundi, second jour de la fête, mais les manèges dormaient encore.

Il n'aurait pas fallu que nous manquions le train de Paris. À la halte du Peyradoux, nous avions klaxonné en vain. L'allée des hêtres demeurait vide. L'un après l'autre, hormis Louison, l'Auvergne rendait ses Parisiens. Chaque arrêt les restituait, plus vieux, aurait-on dit, d'un an entier, chargés de victuailles qui ballottaient sur les valises.

Mon père m'attendait à la gare. Nous avions pris le métro. Place Clichy, au fronton du Gaumont Palace, une affiche annonçait un western.

« Là d'où tu viens, des chevaux, t'as dû en voir. »

Pendant le trajet, il ne m'avait que peu parlé. J'avais été surpris d'entendre tout à coup son accent de la rue des Dames, le même qui, dans ma bouche, faisait rire Yvonne ou Jeanne.

« En tout, je n'en ai vu qu'un.

– Alors faut croire, avait gouaillé papa, que les bougnats eux-mêmes se modernisent. »

VIII

Adolescence

Mon père, Lucien Franchard, mourrait en juin de l'année suivante. Un jeudi dans l'après-midi. J'étais seul dans l'appartement du quatrième étage. J'aurais dû m'étonner de ne plus entendre pleurer la raboteuse ni taper le marteau. J'avais terminé tous mes devoirs et je m'exerçais à dessiner des chats à la manière de Barberousse.

Autant que je m'en souvienne, l'humoriste Barberousse avait été l'un des premiers à mettre des bêtes dans le dessin de presse. C'était Mickey à la française, mais mon père préférait Dubout. Pour son anniversaire, je lui avais fait, dans le genre Dubout et en prévision des vacances, une grosse bourgeoise et son avorton d'homme en route pour les bains de mer à bord d'une torpédo qui perdait ses entrailles. Il avait fait un cadre pour l'accrocher en évidence au-dessus de son établi. Ma mère n'en aurait pas voulu dans sa salle à manger. Elle préférait les amoureux de Peynet. J'en faisais des imitations – signées Peynard – sur des cartes en bristol qu'elle offrait dans son magasin aux autres vendeuses ou aux serveuses du salon de thé pour les mariages ou les anniversaires. Le mari d'une de ses collègues qui travaillait dans le faubourg Montmartre lui faisait passer gratuitement pour moi *Ici-Paris* et *France-Dimanche.* Il était typographe.

À cette époque encore nécessiteuse régnait un optimisme narquois justifié par les rêves de la gauche et les nombreux conforts que nous nous estimions en droit de conquérir. Au mot « revendication », nul militant, comme pour se persuader, n'avait encore senti le besoin d'ajouter l'adjectif « légitime ». Légitime, elle l'était du départ.

C'était l'âge d'or des chansonniers. L'esprit critique fleurissait sans engrais comme l'herbe des pavés.

En plus d'*Ici-Paris* qui offrait de pleines pages d'humour, j'avais *Le Canard enchaîné* et deux hebdomadaires comiques, *Le Hérisson,* imprimé sur papier vert amande, et *Marius,* sur papier rose. Dès que j'étais seul, j'étalais le tout sur la grande table pour étudier les styles que je copiais à tour de rôle. Je m'efforçais de trouver le mien, changeant chaque fois de pseudonyme. Depuis, sous la pression des circonstances, j'ai fait un choix qu'au bout de tant d'années j'aimerais encore croire provisoire, car si un même homme est multiple autant que les circonstances, pour une seule qu'on a dû saisir, c'est mille chances que l'on manque.

Quelqu'un avait sonné. Dans la pénombre du palier, j'avais eu la surprise de distinguer la propriote qui, d'un ton agacé, m'avait tout de suite adressé la parole :

« Il faut tout de même venir vous occuper de votre père ! »

Sans en dire plus, elle m'avait entraîné dans la cage d'escalier. Mon père était assis sur l'une des marches entre le deuxième et le troisième étage. On eût dit qu'il dormait, accoudé et calé au mur.

« Il y a plus d'une heure qu'il est là. La concierge est partie chez sa fille. C'est le nouveau locataire du troisième qui est venu m'avertir. À la longue il trouvait ça drôle. »

Elle insistait :

« Vous comprenez, n'est-ce pas ? »

Inutilement, posant ma main sur le bleu de travail, j'avais d'abord touché l'épaule puis parlé à l'oreille de papa. On pouvait croire qu'il m'entendait car un sourire – en fait, son sourire habituel – lui écornait un peu la joue. Les yeux fermés, il avait l'air de me faire une blague pour voir si j'aurais peur.

Je n'avais encore vu la mort qu'au cinéma. C'est quand, doucement, du revers de la main, j'avais touché une joue raidie et froide que j'avais senti d'instinct à qui j'avais affaire.

On pouvait supposer qu'un brusque coup de fatigue avait poussé Lucien à laisser son travail pour remonter chez nous. Il avait cru se reposer à mi-chemin et il s'était assis, comme ça, sur une des marches, juste le temps d'y reprendre un souffle qui serait celui de son dernier soupir. L'éternité l'avait rappelé à elle, sans douleur ni folklore macabre.

Le médecin de Police secours avait confirmé le scénario.

La porte de l'atelier était restée ouverte du côté de la cour. L'électricien Clément aidé d'un plâtrier descendu de son échelle avait allongé le cadavre sur la longueur de l'établi que ma mère, dans la soirée, avait tendu d'un drap. Pour la faire avertir, madame Marcelle, la patronne du café-tabac avait appelé le Bon Marché. On lui avait donné sa semaine.

Doucement, nous avions balayé les copeaux et mis de l'ordre dans l'atelier. Nous tâchions de ne pas faire de bruit comme si nous voulions éviter de réveiller ce dormeur allongé dans la position où je me trouvais moi-même à la Bastide quand je perdais mon sang dans la cuisine de Jeanne. Je pressentais que mon père et moi étions de la même sorte, en instance perpétuelle de départ, dangereusement fragiles.

Aidés par une voisine, dépouillant le menuisier de sa combinaison, nous l'avions habillé bourgeoisement. De temps en temps ma mère, étouffée de sanglots, arrêtait ces préparatifs pour s'asseoir sur un escabeau, ultime menuiserie en bois blanc, assemblée de la veille et qui attendrait son vernis. Je me disais que j'aurais dû pleurer aussi et je me le dis encore. Les larmes que la mort fait semblant de nous épargner nous oppresseront la vie durant.

Tout le quartier avait défilé dans l'atelier de la rue des Dames. J'y restais seul de garde quand ma mère remontait préparer du café pour accueillir d'autres visites attristées, personne du voisinage ou collègue de son magasin. Comme nous avions baissé le store en berne, à mi-hauteur de la devanture, les visiteurs, à mesure qu'ils entraient, devaient se plier dans une espèce de révérence dont ils se relevaient hagards. Debout près des machines ils cherchaient le buis et l'eau bénite, rite contraire aux idées de mon père mais qui leur aurait donné une contenance. Ils restaient un moment à se dandiner et à hocher la tête, puis à regarder au-dessus de l'établi le dessin à la Dubout – l'auto qui perdait ses boulons – qu'au moment de la levée du corps ma mère jugerait plus convenable de voiler d'une serviette.

Le samedi soir, au retour du cimetière de Thiais, il y avait eu un pot au tabac de madame Marcelle.

« C'est comme ça que je voudrais mourir, disait Clément au plâtrier, chez moi, vite fait et sans douleur. »

On demandait des délais tout de même :

« La quarantaine, c'est un peu tôt... »

Mais pour le reste tout le monde était d'accord et je me sentais fier d'être le fils d'un homme qu'on citait en exemple.

Tous les gens du quartier nous avaient embrassés puis nous étions rentrés, mélancoliques. Au coin de la rue des Batignolles une affiche bleue et rouge annonçait *Le Roi Pandore,* un film avec Bourvil que mon père, trois ou quatre jours plus tôt, disait encore qu'il voulait voir. On pouvait dire qu'il était gai de nature. Menuisier provisoire, il rêvait simplement de quitter le bleu pour le col blanc mais c'est uniquement comme défunt qu'il entrait dans les pompes funèbres car toute vie, même la moins exigeante, peut comporter sa part d'échec.

On était à la veille des vacances. Il faisait jour et tiède jusqu'à 10 heures du soir. Au square, après dîner, les familles s'évadaient des appartements. Elles défilaient le long du faux ruisseau et autour de l'étang où veillaient des vautours de pierre. Les hirondelles rasaient le gazon puis s'en allaient crever d'un cri l'espace par-dessus la tranchée de Saint-Lazare où ronronnaient les derniers trains de banlieue. Si un banc se libérait nous faisions halte sous un marronnier. La nuit s'y installait doucement, décrétée tout à coup par l'allumage des lampadaires. On s'attardait encore en parlant de la dureté des temps, des maladies qui rôdent, des enfants qui grandissent et de la mer qu'on verrait bientôt. Jusqu'au moment où les gardiens, traversant les gazons, sifflaient en chœur la fermeture.

À Tourisme et Travail, les deux voyages annuels de mes parents avaient été retenus d'avance. Cette fois, ils devaient faire les Pyrénées, Andorre et la côte basque. J'avais fini par accepter de remplacer mon père.

En partant avec elle, je contentais doublement ma mère. Depuis l'automne d'avant, elle se reprochait régulièrement de m'avoir envoyé en Auvergne d'où j'étais revenu avec ma cicatrice, « défiguré », selon elle. Chaque fois qu'elle le disait, elle m'embrassait sous l'œil comme aurait fait Yvonne.

« Les Pyrénées, affirmait-elle, c'est plus beau et plus haut. Là, tu vas voir des vraies montagnes ! »

Transporté dans un car de touristes, j'avais regardé les Pyrénées comme une surenchère de l'Auvergne, un trop que je devais au deuil et qui me semblait l'ennemi du bien. De Perpignan à Biarritz, j'avais le sentiment de trahir Jeanne et Marinette à qui j'avais promis – presque juré – de revenir aux vacances suivantes.

« L'Auvergne, plaidait ma mère, tu ne voulais pas y aller. L'année dernière, tu préférais la rue des Dames...

– On peut changer d'avis. »

Cette année-là, la mort d'un père m'avait relevé de tout serment. La suivante, ce fut celle de Charles. À en croire Jeanne, il m'aimait bien. Plutôt qu'on ne sait quel autre, ça l'aurait rassuré que ce soit moi qui vienne encore garder les vaches à la Bastide. En mai, elle m'avait fait savoir qu'il n'avait plus sa tête. D'autres médicaments tentés par le docteur Gueniet étaient demeurés sans effet. Au début du mois d'août nous avions reçu l'enveloppe de deuil bordée d'un liseré sinistre, avis du temps des corbillards que nos tendances ludiques jugent aujourd'hui irrecevable.

Répondant à mes lettres qui s'espaçaient au fil du temps, Jeanne m'écrivait à l'encre violette sur des feuilles de papier à lignes. En temps voulu, elle m'avait raconté comment avait fini Göring, joyeux jusqu'au trépas mais bien surpris tout de même. Quant à elle, depuis la mort de Charles qui mettait fin à sa longue agonie, le moral n'allait pas très fort. De ses trois vaches, il lui restait seulement la vieille Mascot qui s'en allait paître toute seule. La Ribande et Mignonne qu'elle aimait bien tout de même étaient parties dans le camion du boucher. Elle en avait du remords. Le joug ne servirait plus à rien et elle l'avait cédé à un marchand de meubles itinérant. Il ramassait les mêmes un peu partout pour les revendre aux gens de la ville, équipés de six ampoules sous des abat-jour de cretonne. Pareillement elle s'était défait de ses vieilles chaises plus ou moins dépaillées : son démarcheur les lui reprenait contre des neuves à pieds chromés et dessus de formica.

C'est une pompe électrique qui maintenant montait l'eau du puits sur l'évier de la souillarde.

Un combat de la dernière heure poussait Jeanne à combler ses retards mais, vue de Paris, chacune de ces revanches qu'elle m'annonçait comme une victoire sur l'arriérisme de sa campagne m'attristait plus ou moins comme l'annonce d'un lointain naufrage, voie d'eau dans la coque d'un vieux monde que j'avais entrevu quand il flottait encore.

La dernière de mes lettres, envoyée pour un nouvel an, me reviendrait dans une grande enveloppe avec un mot tremblant du Tonton de Saint-Génis qui m'annonçait la mort de celle qu'il appelait sa pauvre Jeanne. Elle était, disait-il, au cimetière avec son Charles qui lui au moins ne tremblait plus.

Ainsi, devant la mienne, s'organisait la procession des vies qui passent.

Inquiet, je m'étais vu grandir au hasard des vitrines du boulevard ou dans l'œil de l'ouvreuse rigolote qui le dimanche, au Clichy-Palace, félicitait ma mère de s'offrir un gigolo.

En semaine, à la sortie des cours, avec Beudot, Grimbert et Clairembart, nous remontions la fête foraine qui, deux fois l'an, s'installait de Rome à la place Clichy sur le boulevard des Batignolles. Je m'arrêtais aux boutiques de tir pour casser quelques pipes ou percer des cartons. Si je réussissais à mettre comme Louison mes cinq balles dans le rouge, il m'arrivait de penser à Marinette. Elle grandissait aussi et elle était entrée, m'avait dit une des lettres de Jeanne, à la pension de Sainte-Solange.

Aux autos tamponneuses nous bousculions les filles du lycée Jules-Ferry qui descendaient en sens inverse. Puis les manèges nous avaient ennuyés et même la *Librairie de Paris* avec sa porte électronique. À la recherche d'un temps à perdre, nous marchions jusqu'à Blanche et Pigalle. Là, nous passions la revue des femmes à vendre que nous finissions par reconnaître. Nous les examinions sans frais, nous efforçant de repérer sur elles les charmes qui, selon les conventions du cinéma et de la presse spécialisée, devaient nécessairement éveiller nos désirs. Beudot, enfant surdoué de la Butte et qui prétendait lire Peter Cheyney dans le texte alors que nous peinions encore sur une demi-page de Dickens, leur adressait des mots gentils. Elles répondaient par un sourire désenchanté d'où fuyait, comme une bulle sans parole, la fumée d'une Celtique gros module.

« Sitôt que je vais être riche, je me les ferai toutes ! »

En disant cela, Beudot tenait son cartable en mitraillette et mimait une rafale vers les filles du trottoir alignées près des murs.

À partir du mois de mars, après la demi-journée de plein air sur le stade de la porte Dauphine, nous partions dans le bois de Boulogne. Parvenus au plus grand des deux lacs, nous faisions la queue pour louer une barque en bois où nous ramions comme sur des yoles. Nous contournions les îles. Si nous rencontrions une autre embarcation chargée de filles de notre âge, nous faisions la course pour les éclabousser du bout de nos avirons. Elles riaient, nous traitaient d'imbéciles si nous avions mouillé leur jupe, ralentissaient tout de même dans l'allée cavalière où nous les rattrapions, riaient bêtement de nos âneries avant de disparaître l'une après l'autre dans de trop beaux immeubles. Ainsi jusqu'à l'avenue des Ternes d'où je rentrais à pied, fourbu, traversant toute la plaine Monceau, marchant pour me punir et perdre en route un double méprisé, attaché à mon être comme mon ombre à mes pas. Rue des Dames, je dormais sur ma chaise, jusqu'au soir où rentrait ma mère, fatiguée elle aussi.

Au milieu de la nuit, il m'arrivait de me dresser sur mon lit à bascule, éveillé par un rire que j'avais cru entendre, celui d'Yvonne qui parcourait mes rêves, la couronne en bataille. Elle m'emportait sur une jument nocturne vers la leçon qu'elle m'avait promise et dont j'avais manqué le rendez-vous.

L'atelier de mon père n'avait pas eu de repreneur et, le bail étant venu à terme, la propriote l'avait cédé à une laverie automatique qu'elle jugeait moins bruyante et plus propre. J'avais dit que les copeaux, c'était sûrement moins sale que ce linge qui convergerait chez nous. Ma mère, tout de même, trouvait commode de disposer maintenant d'une machine à laver, pour ainsi dire à domicile.

Même si elle passait outre, la propriote écoutait mes remontrances et souriait. Depuis la mort de mon père, me voyant souvent seul, elle me prenait sous sa protection. Je ne courais plus dans l'escalier en déplaçant son paillasson ou en mettant de la sciure sur le tapis à barres de cuivre qui s'arrêtait à son étage.

Bien que française, parisienne de naissance, la propriote s'appelait Merrydrop, nom qu'elle devait à un marchand de tableaux anglais qui prospectait Paris pendant les années trente. Il n'était plus revenu du voyage à New York qu'il avait fait, fin 1944, emportant avec lui les toiles qu'il avait pu acheter pendant l'Occupation. De tout ce qu'avait contenu l'appartement, il ne restait, hormis les cadres, qu'un petit Van Dongen que Mme Merrydrop m'avait un jour montré, m'introduisant pour l'occasion chez elle. Elle me dirait bientôt qu'elle s'appelait Lucy, « Lucy, i grec ». Elle savait que je dessinais. La femme du Van Dongen en chapeau cloche et décolleté plongeant, elle affirmait que c'était elle, du temps où elle posait dans l'atelier des peintres. Elle riait de mon étonnement et s'excusait d'avoir vieilli.

« Mais pas à ce point, tout de même ! » protestait-elle à cause de mon silence.

J'étais pris par surprise. Jamais encore il ne m'était venu à l'esprit que les êtres puissent être autre chose que ce à quoi ils ressemblaient depuis l'époque, récente encore, où ma vie les avait rencontrés, marqués déjà par l'existence. Pour ma commodité, je les aurais voulus toujours semblables, jouant leur rôle comme les rois et les reines des cartes ou comme les personnages des comédies de Molière dans lesquelles, à la barbe des vieillards éternels, de généreuses servantes et des valets malins viennent en aide à d'heureux amants qui seraient jeunes pour toujours.

Maintenant, un phénomène étrange déplaçait mes repères. Il transformait le monde à mesure que je changeais moi-même. Je jugeais néanmoins déplacé et comique qu'une femme de cinquante ans quitte son rôle de propriétaire pour faire valoir ses droits à une ancienne jeunesse et même à une beauté dont elle insinuait qu'elle plaisait aux artistes. Beauté dont, j'aurais dû peut-être, regardant mieux son corps et son visage, exhumer quelques preuves ensevelies sous mes préjugés comme, sous leur cendre, les nymphes de Pompéi.

J'estimais de la même façon qu'une femme qui, à mes yeux, n'avait qu'un rôle, celui d'être ma mère, n'aurait pas dû séduire – fût-ce malgré elle – l'électricien Clément. Celui-ci, sur le moindre prétexte, s'invitait constamment chez nous sans se douter que, pour avoir porté mon père de l'escalier à l'établi, il était, dans mon catalogue, marqué par un emploi qui l'empêchait, impliqué qu'il était dans cette mort, d'en tirer le moindre profit.

Depuis cet âge des débâcles et du doute où la vie redistribuait les cartes, une espèce de génie goguenard paraît s'être amusée à déplacer toujours mes certitudes.

En dépit ou à cause de son âge, Lucy Merrydrop, que je voyais maintenant presque chaque jour, m'apparut brièvement comme un repère commode où je pourrais amarrer ma vie. Elle jouissait à mes yeux, par la vertu de son seul nom, des références et des prestiges de l'Angleterre. Les ayant tant aimés, il m'arrive aujourd'hui d'en vouloir aux Anglais de n'être que ce qu'ils sont, heureux de nos échecs qu'ils prennent pour leurs victoires, mais, en ces surlendemains de guerre, un avenir forcément meilleur me semblait encore inscrit du côté des Anglo-Saxons.

J'entrepris d'étudier l'anglais avec application. La propriote qu'à sa demande j'appelais désormais Lucy avait voulu m'aider en me livrant de cette langue ce qu'elle en avait retenu par ses fréquentations. Elle m'offrait le thé en robe de chambre, corrigeait mes devoirs et mes fautes de prononciation puis m'emmenait à des expositions de peintres morts – en fait, latins ou slaves et à mes yeux moins prestigieux – qu'elle avait, disait-elle, connus. Elle me montrait, à deux pas de chez nous, la maison ou le pauvre atelier qu'avait habité tel ou tel, m'entraînait jusqu'à Montparnasse. Elle profitait aussi de nos promenades artistiques pour faire son « shopping » au Printemps ou simplement ses courses qu'elle me chargeait de rapporter chez elle. En mai, elle m'arrêtait dans l'escalier pour m'envoyer jusqu'au marché des Moines lui chercher du muguet dont elle m'offrait un brin en récompense.

Avec ses meubles périmés, ses pendules à l'arrêt et ses bibelots échoués dans leurs vitrines, le salon de Lucy, éclairé par de faux candélabres surmontés d'abat-jour où naviguaient des caravelles, avait une ressemblance avec celui que Marinette inventait dans sa tour. C'est à ce titre qu'il m'avait plu d'abord.

De même que les poteries sans âge ou les haches de la préhistoire passent sans vieillir l'épreuve des millénaires, nombreux sont les objets qui traversent nos vies sans subir les années, indifférents à ce que nous sommes. La vieillesse dont nous les chargeons est en réalité la nôtre, et c'est pourquoi, saisis d'un doute ou d'une rancune envers le temps qui passe, nous les renions comme démodés, quitte à les rattraper plus tard chez l'antiquaire.

Parmi d'autres vieilleries dont jouiraient les collectionneurs du XXIe siècle, Lucy avait chez elle des feuilles ou des carnets d'esquisses que lui avaient laissés des peintres pour qui elle posait nue. Elle les sortait pour m'inciter, déclarait-elle, à travailler mon art. Et d'abord le portrait. Elle disait qu'elle voulait m'aider. Me révélant une chair qui, contrairement à celle d'Yvonne, éteignait mes désirs, parcheminée qu'elle était, du moins me semblait-il, comme le papier des abat-jour, elle écartait sa robe de chambre pour que je la dessine déjà jusqu'aux épaules. Un jour, comme je tardais encore à me remettre à l'ouvrage, affûtant sans ardeur mes crayons, elle referma le vêtement sur son cou et fondit brusquement en larmes.

J'avais encore grandi et, comme n'importe qui déjà, je portais des jeans américains qui, m'étriquant les fesses, m'allongeaient à n'en plus finir. Les baskets que j'avais aux pieds m'aidaient à traverser, plus silencieux que jamais, le palier du deuxième étage. À l'occasion, j'avais vu pleurer Jeanne, Marinette ou ma mère, mais Lucy Merrydrop, si elle m'introduisait encore chez elle, sanglotait aussitôt sans raison que je puisse réellement comprendre. Elle s'excusait en prétendant qu'elle était fatiguée, pourtant elle n'avait rien à faire et elle n'avait pas l'air vraiment malade. D'après ma mère, quelque chose n'allait pas dans sa tête et, à croire ce qui se disait, elle n'était pas la seule. Il s'avéra bientôt que, à l'heure de l'abondance et du Spoutnik, la dépression mentale, plus connue avant-guerre sous le nom de neurasthénie, amorçait un retour prometteur.

À la lumière de ma conscience naissante, la plupart de mes illusions perdaient de leur fraîcheur. La logique des enfants avait pu me faire croire que les parents savent ce qu'ils font en prenant le risque de s'accoupler pour nous faire naître et nous livrer à l'existence. Or, je m'apercevais qu'il n'y avait ni vrai plan ni motif à long terme. Au mieux souhaitait-on vivre pour vivre. Une distraction universelle tenait lieu de programme.

Exerçant mon esprit critique, j'entrai dans une période de reniements. Je dédaignais les illustrés. Ce que Lucy Merrydrop appelait « l'art » et qui, visiblement, l'éloignait de la Joie, avait fini par m'inspirer des doutes. Depuis que les laveries automatiques s'emparaient de la rue des Dames, la crasse s'y faisait mieux sentir. J'avais des besoins d'air et de perspective.

Pour employer ma vie, l'idée m'était venue de devenir maître d'école, loin de Pigalle comme du Sacré-Cœur. Idée conforme alors aux bonnes tendances de gauche. Vers le milieu des années cinquante, à Paris comme ailleurs, l'usage des familles laborieuses était encore d'envoyer les adolescents, s'ils étaient doués pour les études, dans les écoles normales d'instituteurs. Là, nourris et logés par l'État, ils recevaient l'enseignement gratuit, à charge pour leurs enfants et petits-enfants de transiter par le professorat vers le pouvoir ou la littérature. Ainsi, sans vains débats, au giron de la République, s'organisait l'avenir des méritants.

Ma mère avait été surprise. Au fil des ans, elle avait accepté l'idée que je serais un artiste. Déjà un de mes dessins avait été payé par un marchand de télévisions. On le voyait sur un prospectus qui jonchait l'avenue de Clichy. Je haussais les épaules, puis tâchais de la consoler :

« Rien ne m'empêchera de dessiner pendant les grandes vacances. »

Soudain, j'étais plus raisonnable que tous les plans envisagés pour moi. Elle devait se rendre à l'évidence : elle gagnait peu et je coûtais de plus en plus cher. Tard le soir nous épiloguions en buvant du café, assis l'un près de l'autre à la petite table de la cuisine.

Apprenant mon départ pour une obscure province, la propriote avait encore pleuré. Elle me reprochait de renoncer à mes dons. Elle annoncerait bientôt qu'elle vendait tout l'immeuble au détail. Or, l'argent nous manquait pour acquérir notre mansarde. En attendant son HLM à Saint-Ouen ou Clichy-sous-Bois, ma mère avait trouvé refuge dans une chambre au septième étage, rue de Sèvres, près de son travail et loin des Batignolles.

IX

Comme la vie va !

C'EST, CONSCIEMMENT OU NON, une ressemblance du paysage avec celui, plus rude, de la Bastide qui m'avait attiré au Mesnil-Saint-Renard. Au rebord d'un plateau boisé, le village ne se composait alors que de trois fermes à hauts pignons. Réparties en bordure de leurs champs, elles étaient plus ou moins reliées par un chapelet de maisons basses alternant avec leurs jardins et couvertes de petites tuiles ou de tôles goudronnées qui remplaçaient maintenant les chaumes.

L'école à classe unique donnait sur la place de l'église qui lui servait de cour de récréation. Église modeste autant que l'école mais qui, du côté de l'ouest, dominait une dépression ample où commençait la Normandie. Doucement alors, au seul vacarme des rossignols, l'antique bocage s'y propageait jusqu'à la mer. Trente ans plus tard, y cherchant comme tant d'autres un refuge campagnard, je l'ai revu loti et traversé de voies rapides qu'emprunte chaque jour une transhumance motorisée avide de fuir Paris autant que de le rejoindre. La banlieue s'y propage et multiplie ses excroissances. Sur le coteau couvert de maisons confortables, l'aubépine a fait place aux variétés de jardinerie.

J'allais avoir vingt ans. Temps confus de la guerre d'Algérie. Un rêve d'empire sombrait relayé par un dépit qui, recyclant l'orgueil, changeait nos gloires perdues en hontes honorables. Avant mon incorporation, j'avais voulu ce poste que personne ne me jalousait et qui m'accapara dès la rentrée. Je comptais m'en accommoder, disposant de moi-même en artiste ou en philosophe.

Immédiatement, la quarantaine d'élèves, garçons et filles de cinq à quatorze ans, qu'il me fallait instruire mobilisa mes facultés. L'obligation de dominer l'ensemble des matières sur quatre ou cinq niveaux m'occupait totalement l'esprit. Je devais faire face sur plusieurs fronts pour mener d'heure en heure mes escouades enfantines qui me faisaient aveuglément confiance. Stratège de cette classe campagnarde chauffée l'hiver par son vieux poêle et traversée l'été par des vols d'hirondelles, je m'évertuais autant que Napoléon pour maîtriser l'Europe, compensant mon inexpérience par un surcroît de travail qui occupait mes soirs et rongeait mes dimanches. Tard, dans ma chambre retrouvée, la radio me berçait et le sommeil m'ôtait des mains le livre ou le journal que je prétendais lire. L'actualité passait au large.

Quand revenait le jeudi, si j'allais tôt le matin jusqu'à un carrefour solitaire, distant de deux kilomètres, un service d'autocars pouvait m'emmener jusqu'au train de Paris.

Pour quelques heures, je m'emplissais de la ville dont je retrouvais, ému, l'odeur et les cacophonies. Je hantais les musées et achetais dans les librairies d'autres livres que je ne lirais pas. J'explorais des quartiers méconnus, avide à chaque voyage de ce que la capitale pouvait m'offrir et que je n'avais pas encore vu. Assis à la terrasse du *Café de Cluny,* j'étais surpris de me retrouver, après la boue et les buissons, à l'ombre ordonnée des platanes comme aux portiques d'Athènes où naquit la conscience des hommes. Tout me portait à croire que, non loin de moi et sans que je les distingue vraiment ou qu'ils me reconnaissent encore, allaient et venaient parmi la foule les penseurs et leurs égéries, les peintres et leurs modèles, tout un monde de l'esprit et de la beauté où j'aurais logiquement une place à plus ou moins long terme. De sorte que je me sentais si parfaitement et si naturellement chez moi que j'en aurais, par anticipation, pleuré de gratitude.

À midi, j'allais voir ma mère. Elle et moi, profitant de son heure de table, mangions rue de Babylone, dans un restaurant surpeuplé. Quand je l'aurais embrassée, j'aurais tout un après-midi encore avant mon train du soir. Le dernier autocar dont il m'arrivait d'être le passager unique m'abandonnerait en pleine campagne. J'irais entre deux haies, l'âme confortée pour une semaine, assez heureux si la lune ou un reste de crépuscule voulaient bien m'éclairer jusqu'au seuil de ma petite école.

De plus en plus souvent, il arrivait que monsieur Francis, ancien chef du rayon lingerie promu au poste d'acheteur des magasins du Bon Marché, nous rejoignît pour le café. Toujours en blazer et cravate, la moustache et les cheveux soignés, il surgissait comme par hasard. Un jour, au lieu du café habituel, il nous avait offert l'apéritif avant de prendre place pour déjeuner à notre table.

Il est rarement indifférent à l'enfant de n'importe quel âge de voir que ses parents peuvent remplacer leur partenaire. L'union de l'homme et de la femme auxquels il devait d'être né était, de son point de vue, un fondement nécessaire, nullement aléatoire. Dans l'aventure confuse où navigue l'existence, c'était le port d'attache qu'on rejoint ou qu'on fuit mais dont le repère doit demeurer intact.

Le remariage de ma mère remettait en question tout l'édifice mental que la mort de mon père n'avait fait qu'ébranler. Je me sentais pris au dépourvu par un vent de hasard, froid comme une trahison. Méditant dans le train du soir qui me renvoyait à la province, j'entrais dans la psychologie d'un voyageur spatial largué sans instruction par ses fusées porteuses. Je me voyais pareil à des milliards d'individus nés chacun par inadvertance non seulement d'un couple interchangeable mais de la rencontre fortuite de deux cellules errantes.

Mon train qui n'était qu'une micheline brinquebalait sur des aiguillages. S'extirpant des banlieues, il s'écarta enfin vers une campagne encore intacte, traversa une forêt où l'ombre anticipait la nuit. Le wagon où je me croyais seul faisait halte dans des gares solitaires à mi-distance de villages agricoles, invisibles dans leurs vallons.

C'est à ce point du parcours – et comme si mes pensées, ayant touché un fond, rebondissaient vers les hauteurs – qu'à l'improviste j'avais été saisi d'une joie intense. Une Lumière me parlait. Une seconde lui avait suffi pour me dire ce qu'il faut comprendre du Projet dont le sens s'opposait aux tristesses de la vie banale. Révélation si aérienne et en même temps si lourde que, accablé du poids de mon corps, j'étais tombé à genoux entre deux sièges de la micheline dans l'attitude grotesque où le contrôleur m'avait trouvé. J'avais dû prétexter une clé que je venais de perdre et que l'homme pour m'aider chercha près de moi en vain.

Descendu de la micheline, j'avais fait comme un somnambule le trajet jusqu'à mon école. Dans les jours qui suivirent et à mesure que ma vie retrouvait ses routines, je sentais davantage le caractère suspect d'une illumination qui m'avait pris pour cible comme si j'étais Pascal ou Descartes dans son poêle de Hollande. Assurément, ce court bonheur avait ses exigences et ses contreparties. Les perspectives qu'il ouvrait devant moi comme l'éclair qui, de nuit, dévoile un paysage entier excédaient mon destin que je n'espérais pas sublime mais supérieur seulement à la moyenne des hommes. C'est ainsi que nous sommes : nous réclamons des signes et, s'ils nous sont fournis, nous faisons mine de ne pas les voir pour préserver nos avantages médiocres. Quant à cette évidence qui m'était apparue, je me réservais de la rappeler plus tard, beaucoup plus tard, pour m'en faire une sortie peut-être dans le cul-de-sac de mes vieux jours.

Au début de la semaine suivante, le facteur m'avait apporté une lettre de Paris. Ma mère, sur plusieurs pages, développait les raisons qu'elle avait d'épouser monsieur Francis. Pour se justifier à mes yeux, elle insistait sur l'aspect matériel. Elle ne pouvait pas vivre, expliquait-elle, jusqu'à la fin de ses jours dans un septième étage sans ascenseur. Francis – Francis tout court – était veuf lui aussi. Il avait sa maison à Asnières, avec un petit jardin, à dix minutes de Saint-Lazare où, chaque jour excepté les dimanches et lundis, elle prendrait son métro direct pour Sèvres-Babylone. Conciliant, je lui avais promis d'être au mariage civil qui se ferait aux vacances de Pâques.

L'union officielle de ma mère et de monsieur Francis eut lieu à la mairie d'Asnières, sans faste, avec les seuls témoins. Ponctuel, j'étais l'unique représentant de la famille. Louison avait été retardé :

« Un contrordre de dernière minute... Dans l'armée on ne s'appartient plus, vous verrez ça bientôt. »

Guilleret, autant pour excuser son fils que pour faire valoir son expérience, monsieur Francis, prisonnier lui aussi de la dernière guerre mondiale, m'informait de mon programme futur comme d'une initiation au club viril de l'existence. Le lendemain étant un dimanche, un *lunch* avec champagne et pièce montée était prévu dans sa maison, précisément dans le garage qui donnait de plain-pied sur le petit jardin.

Tous les collègues du magasin étaient présents déjà quand j'arrivai de Paris où, par commodité et discrétion, j'avais voulu dormir dans un hôtel. L'épousée déballait les cadeaux, joyeuse dans son tailleur gris perle.

« Je crois que vous vous connaissez... »

C'est ce qu'elle m'avait dit après m'avoir montré de loin le fils de son nouveau conjoint.

« Maintenant j'ai deux garçons », riait-elle.

Assis seul sous le saule pleureur, Louison buvait du gin, unique alcool selon lui digne de ce nom qu'il avait pu trouver sur l'étagère d'un meuble que son père appelait « le bar ». Empoignant la bouteille qu'il gardait près de lui, il en avait presque rempli ma coupe et nous avions trinqué. D'après lui, le champagne de la fête ne valait pas grand-chose.

Il n'avait rien dit d'autre.

Le temps l'avait changé en lui tirant les muscles du visage. Par l'apparence de la tête et du buste, avec le teint hâlé, les cheveux presque ras, il tendait vers le bronze romain. À demi allongé sur la chaise de jardin qu'il basculait contre le tronc du saule, il me semblait immense. Il avait dû grandir encore depuis nos vacances d'autrefois et ses membres déployés étaient ceux d'un athlète. Pour meubler le silence qu'il laissait s'installer sans se soucier d'avoir à le remplir, j'avais demandé s'il continuait à pratiquer le judo. Il avait pris son temps comme s'il fouillait dans sa mémoire :

« Le judo ? »

Ma question le prenait de court. C'est vrai, il aimait le judo et même il commençait à l'enseigner quelque part en banlieue quand il avait devancé l'appel.

« Tout ça c'est loin. Disons que je m'occupe autrement. Sous-officier si ça te dit quelque chose...

– Instituteur, c'est à peu près pareil.

– Faut de tout pour faire un monde. »

Il haussait les épaules et se reversait du gin. J'avais parlé du Peyradoux et du pré des Versannes où il testait ses prises en me jetant dans l'herbe.

« Ah, c'était toi !

– J'avais douze ou treize ans.

– Et on t'appelait comment déjà ?

– Jacquot.

– Sacré Jacquot ! »

Il me remettait maintenant.

Monsieur Francis avait branché l'électrophone. Les invités dansaient sous le balcon où une avancée de ciment prolongeait le garage. Ma mère, sans doute déçue de nous voir à l'écart, était venue vers nous. Elle apportait deux gros morceaux de la pièce montée posés respectivement sur deux assiettes qu'elle avait mises pour nous sur la table du jardin.

« Je sais que mon fils danse mal, mais peut-être vous, Louison ?... »

Il s'était redressé pour esquisser un garde-à-vous :

« Et moi, c'est pire. Vous me pardonnerez, j'espère. »

Pendant que ma mère rejoignait ses amis, il était retombé sur sa chaise.

Silencieux, nous mangions notre part du gâteau en regardant de loin la fête. C'est au bout d'une hésitation que j'avais amorcé la remarque qui me brûlait les lèvres :

« Pourtant, avec Yvonne... »

Son regard avait bondi vers moi.

« Quelle Yvonne ?

– Yvonne Chouvaye, de Saint-Génis-la-Tour.

– Et après ?

– Elle et toi, à la fête, vous dansiez plutôt bien. »

Son regard avait repris de la distance. Puis, à voix sourde, sur un ton qu'il voulait tranquille :

« Yvonne Chouvaye, c'est comme les autres, c'est jamais qu'une putain. »

Parachutiste en Algérie, Louison n'avait pu obtenir qu'une permission de quarante-huit heures. Arrivé dans la nuit, il repartait le lendemain. Le lieutenant de sa compagnie lui prêtait son appartement, situé près de la gare du Nord. Il m'avait dit qu'il y avait de la place, que je pourrais y coucher aussi.

J'avais dormi sur le canapé du salon. Dans la matinée du lendemain, il avait fait le café. Appliqué comme un scout, il étalait une épaisseur considérable de beurre sur un bâtard fendu qu'il trempait dans un bol. Il disait qu'il avait tout son temps :

« Du moins jusqu'à 5 heures. »

En fouillant les placards, il avait pu trouver ce qu'il lui fallait d'alcool. Après son mutisme de la veille, son humeur s'inversait.

« Il y a tout ce qu'il faut ici, plutôt que de retourner à l'hôtel, garde l'appartement. Je préviendrai la concierge. »

Amoché par une mine, son lieutenant n'en avait pas besoin. Le soir de son arrivée, il l'avait vu au Val-de-Grâce.

Sa femme non plus n'en avait pas besoin. « Montée en grade », elle vivait plus tranquille avec un capitaine cantonné dans la Sarre. Sur les meubles on voyait des photos du lieutenant et d'elle.

Louison reprenait de l'alcool. C'est de lui-même qu'il avait reparlé d'Yvonne.

« Puisque tu t'intéresses à elle, on va aller la voir. »

Abandonnant l'appartement, nous nous étions mis à marcher en direction de la Bastille.

« Note bien que je ne lui jette pas la pierre. On ne peut pas en vouloir à tout le monde. »

Il avait ajouté :

« Déjà soi-même, on ne sait pas qui on est et de quoi on est capable. »

Par une bride à l'épaule, il portait un sac rond qu'il appelait son paquetage. Il l'avait jeté dans un taxi que nous avions pris au vol.

Depuis la fête de Saint-Génis, elle avait fait son chemin, Yvonne. Après l'internat de Sainte-Solange, elle était arrivée à Paris où ils avaient vécu ensemble, Louison et elle, dans une chambre de bonne. Elle travaillait au tri postal, puis on l'avait nommée factrice. En livrant les colis, elle s'était fait des relations. Serveuse au *Patriot's,* elle gagnait beaucoup plus.

« D'autant que le patron n'est pas chien... »

La vie était comme ça : une espèce de loterie. Pas de quoi tirer des larmes à un parachutiste.

Au lieu du *Patriot's* qui fermait le lundi, nous avions dû manger au *Créneau de la Bastille* : les huîtres d'abord puis la choucroute maison arrosée au vin blanc. Louison payait pour deux – il y tenait, princier – avec une liasse roulée qui lui faisait une bosse à l'emplacement du portefeuille.

M'ayant connu enfant, il me traitait comme eût fait un grand frère. Il savait où trouver Yvonne. Nous avions juste le temps de prendre un taxi jusqu'au quartier des Halles.

« Après, bye-bye, je file. »

Il m'avait amené chez elle : un entresol plutôt sinistre avec l'œilleton dans le panneau de la porte.

« Ouvre Yvonne puisque tu m'as vu ! »

Il y avait eu débat. Au niveau du verrou, une voix de femme chuchotait. On la devinait nue ou en peignoir, certainement pas malade. Elle regrettait vraiment, s'attendrissait puis s'agaçait de ne pas avoir été prévenue :

« Avec toi, c'est toujours comme ça ! »

Vu l'heure, le taxi avait dû nous conduire directement jusqu'à la base de Creil. Du côté de Chantilly, Louison l'avait fait s'arrêter en forêt avant de courir parmi les arbres, son paquetage sous le bras. Il reparut quelques minutes plus tard vêtu de l'uniforme : treillis, godasses, béret.

« Habituellement je me change dans les toilettes du train. »

Il devait être en tenue pour répondre à l'appel et s'envoler avant la nuit. Il ne se plaignait pas. Sa vie qu'il avait mise en gage était un jeu où, quelque part, on jetait les dés pour lui.

En soldat, il était à l'aise, on eût dit soulagé. Pendant que le taxi repartait, il refoulait ses vêtements civils au plus profond du sac d'où soudain il avait extrait quelque chose qu'il avait brandi avant de me le mettre entre les mains. C'était lisse et glacial et il s'amusait de ma surprise comme au jour d'autrefois où, dans un trou ombreux, j'avais, croyant pêcher, empoigné une couleuvre.

« C'est un Luger, un vrai. »

Il avait repris l'arme, engagé le chargeur d'un coup sec et, par la vitre ouverte, tiré pour me faire voir, deux fois, vers le soleil d'abord, puis sur une borne kilométrique.

En me ramenant vers Paris, le chauffeur avait dit :

« Votre copain, par hasard, il ne se prendrait pas pour Belmondo ? »

Il en tremblait encore.

Dans la semaine qui suivit, je déjeunai quotidiennement au *Patriot's* où j'eus bientôt mes habitudes. Jusqu'à l'entrée de l'hiver, j'y revins chaque jeudi, jour où, après le service, Yvonne se débrouillait pour me rejoindre. Si la voie était libre, j'avais la clé de son entresol. Au moment du dessert, elle la glissait sous ma serviette.

Tout de suite, elle m'avait reconnu grâce à la cicatrice. Elle m'avait embrassé. Elle se rappelait très bien, mais j'avais joliment changé !

La patronne, impotente qu'elle était et rivée à sa caisse, voyait comme une revanche les petits soins dont j'étais l'objet, les suppléments gratuits prélevés pour moi au bar ou en cuisine et cet amour de contrebande que la serveuse-maîtresse volait à son mari.

Je devais revoir Louison un peu plus tard, mais brièvement et pour la dernière fois.

Vers la fin de l'année, j'avais reçu ma feuille de route. Deux gendarmes étaient venus spécialement à la porte de ma classe. J'avais ouvert et ils m'avaient salué, la main droite au képi. C'était au mois de novembre. Je me rappelle que le vent soufflait.

L'Algérie me reçut bientôt, incorporé au train des équipages. Pour assurer ma place dans le souvenir et les admirations d'Yvonne, je ne craindrais pas de lui adresser une photo où je posais, armé de la mitraillette, au marchepied d'un vieux camion encore éclaboussé d'éclats de grenade.

J'entrais pour quarante ans dans l'âge bête de ma vie.

En fait, le circuit quotidien que, pour charrier des sacs de lettres, je devais effectuer entre montagne et mer dans une zone désormais pacifiée ressemblait plus à du tourisme qu'à un parcours du combattant. À l'époque des accords d'Évian, la principale embûche dont je devais me défendre était l'accueil des unités d'appelés qui, rongés par l'ennui, arrosaient d'un mauvais pastis l'arrivée du courrier de France.

Entre armée et population, dans un pays repris mais que nous devions perdre, s'installait une attente, sans haine sensible, et nostalgique déjà. Périodiquement, pour entretenir sa guerre, la rébellion algérienne sacrifiait quelques hommes qui, cernés près de la frontière, étaient pris ou exécutés par la Légion ou les parachutistes. Un malentendu de cent trente ans réclamait ses derniers martyrs.

Pour deux semaines indécises, un putsch de généraux qui affolait Paris confia le destin du pays aux soins désabusés du contingent. Quand déliraient les transistors, la vie, d'un cantonnement à l'autre, allait son train sans gloire sur l'élan des routines.

L'essence pourtant se faisait rare. À deux doigts de la panne, j'avais dû m'approcher un jour d'un camp volant installé depuis peu dans une cuvette aride proche du Maroc. À cent mètres de mon véhicule, un double atterrissage de gros hélicoptères battait l'air chaud et levait le sable de la piste. Il me fallait traverser la montagne avant l'arrivée de la nuit. Partout ailleurs, face au spectre d'un coup d'État, la prudence avait fait s'évanouir tous les grades supérieurs à celui de sergent. La quête d'un officier visible et responsable m'avait, à l'improviste, placé devant Louison. Il rentrait d'un coup dur. Prémonitoire d'un monde à venir, son visage camouflé à la suie combinait le mélange bâtard du bronze romain et de l'idole africaine.

On l'avait fait lieutenant.

« On ne sait pas qui on est », il l'avait dit d'avance. Il était clair qu'on ne sait pas davantage qui on devient dans la parade cynique qu'on appellera Histoire. D'un ordre bref, quand je croyais serrer sa main qui me tendait, signé au vol, le précieux bon d'essence, il m'avait remis au garde-à-vous.

En plus de l'oisiveté qui, entre les missions de routine, faisait le fond de ma vie de soldat, la liberté d'esprit que j'avais retrouvée me ramena au dessin. Sur du papier à lettres, je crayonnais la vie des hommes du contingent. Machinalement d'abord, puis de façon plus incisive.

Sous de faux noms j'expédiais vers Paris des croquis satiriques rehaussés d'encre de Chine. Le crayon-feutre viendrait plus tard. Dans l'immédiat, les scènes comiques du putsch publiées par un périodique qui se disait révolutionnaire firent le premier succès du pseudonyme Dzano que l'avenir conduirait à la notoriété.

Délivré de l'uniforme, je n'allais plus cesser de dessiner. Une pénurie de professeurs dont souffraient les années 60 me permit d'enseigner l'anglais, langage de la Libération. Instituteur, il me fallait, pour les répandre, des lumières sur toutes choses. Reçu comme spécialiste, je n'avais plus la charge que d'une unique matière. Les loisirs dont je disposais profitaient à mon art qui, suivant les tendances, devenait « hard » puis « trash » à mesure que le rire mordait toujours plus bas.

Garanti par l'enseignement mieux que mon père par son artisanat, j'aurais pu vivre aussi, jusqu'à la mort, de cette vocation provisoire.

N'eût été le mois de mai 1968.

Jusqu'à cette date, les revues provocatrices dans lesquelles je pouvais m'exercer avaient été discrètes, mal distribuées ou interdites à l'affichage. Révélées par les barricades, elles quittèrent les dessous de comptoir pour s'imposer aux devantures. La dérision avait pignon sur rue. Renarde du désenchantement, elle choisissait impunément ses proies dans les rangs du pouvoir et pouvait s'opposer à l'opposition même. Allégée par ses amnésies qui l'aidaient à rebondir sur le dos de l'événement, elle se gardait, imputrescible et égale à elle-même, dans le vinaigre du sarcasme.

N'ayant rien désormais qu'elle pût encore souhaiter pour elle, ma mère s'inquiétait de mon avenir. Périodiquement, elle se rendait chez sa cartomancienne, Égyptienne ou Roumaine d'origine, qui lui tirait les cartes dans un appartement cossu du square d'Anvers. J'appris ainsi que je vivrais plus vieux que mon père et que, nonobstant les liaisons éphémères, deux femmes devaient se partager ma vie. L'une encore m'arrêtait dans son ombre, mais l'autre, dont viendrait l'heure, était claire comme le jour.

Souvent, j'avais tenté de m'éloigner d'Yvonne mais le désir qu'elle avait greffé sur mon rameau d'enfance refleurissait périodiquement. À chaque retour, elle m'accueillait encore, jouissant de son pouvoir. Dès que nous nous retrouvions seuls – au début dans son entresol puis chez moi, rue Boursault, quand elle eut épousé Robert, propriétaire du *Patriot's* – elle m'embrassait sous l'œil où s'estompait ma cicatrice, serrure d'un coffre dont elle se réservait la clé.

Bien qu'elle m'eût tout donné déjà dans la moiteur de nos rencontres, elle semblait conserver toujours quelque chose à m'apprendre.

Revenant à la fin d'une plus longue absence, j'avais vu qu'un garçon faisait maintenant le service au *Patriot's*.

Placée à la proue du comptoir, Yvonne m'avait vu venir de loin. Elle s'attendait à me revoir. C'est elle, sa patronne étant morte, qui tenait maintenant la caisse. Elle avait pris du poids et du galon. Née auvergnate, on voyait qu'elle savait compter et, confiée sur le tard aux religieuses de Sainte-Solange, elle pouvait, sans cesser de plaire, se montrer respectable. Sa position nouvelle ajoutait à sa gouaille des airs piquants de bienséance.

Dès lors, nos aventures ressemblèrent à un rite. Nous avions nos lundis. Disposant de ses après-midi elle prenait un taxi qui l'attendrait en bas, de cinq à sept, puis l'ascenseur pour m'atteindre au huitième étage dans mon quartier du dix-septième qu'elle maudissait comme excentrique, trop loin de tout d'après elle.

« Tu ne peux pas dire, insistait-elle, que ce n'est pas pour toi que je viens jusqu'ici. »

Pour jouir de son empire sur moi et éprouver ma résistance, elle pouvait se montrer acariâtre. D'une manière générale, pour n'être jamais en dette, elle soulignait ses dévouements et s'accordait, au fil du temps, le luxe de faire passer ses joies pour des contraintes et ses commodités pour celles d'autrui.

Longtemps, j'avais habité la banlieue. Le succès de plusieurs albums m'autorisait enfin à revenir dans Paris que, suivant une tendance inverse, les auteurs et artistes, présents sur Internet mais dispersés du Lubéron jusqu'en Irlande, semblaient fuir comme inhabitable.

La nostalgie et l'occasion avaient conduit mes recherches vers le quartier des Batignolles en haut duquel, face à la place Clichy, la grande librairie de ma jeunesse m'accueillait au rayon Humour. J'y rédigeais mes dédicaces entre deux piles d'albums. Empruntant le métro, je descendais à Rome, station du souvenir d'où, au prix d'un détour, je remontais la rue des Dames.

Cinéma d'après-guerre où j'avais vu *Tarzan,* le Météore s'était évanoui emportant la guerre froide et Johnny Weissmuller. Plus personne ne trinquait chez Marcelle et la rue, de bas en haut, propageait ses boutiques éteintes sous la froide pluie d'hiver ou un soleil plus triste encore. Seules veillaient les laveries où tremblaient les néons. Là où jadis s'éternisait sans frais la carriole de mon père s'alignaient, pour un temps compté, des voitures sans brancards, pare-choc contre pare-choc.

À contrecœur, il me fallait admettre que Paris n'était plus dans Paris, que son accent traînant ne traînait plus nulle part. D'un quartier l'autre, le tourisme ou l'immigration lui tenaient lieu de populo. Passée l'heure des bureaux ou des spéculations, ses habitants les plus actifs vidaient les lieux pour Bois-Colombes, Londres ou New York.

Et la tour Eiffel en faisait trop. On finissait par croire qu'elle s'éteindrait un jour.

Face au riche XVIIe, à la frontière occidentale des Batignolles, j'avais trouvé un jour le duplex haut perché où Yvonne venait me rejoindre. De sa terrasse en plein ciel, on dominait le long canal de fer où s'écoulait, très bas, le fleuve constant des trains de banlieue. C'est là que, par un soir de juin, elle m'avait annoncé deux nouvelles. Nous venions de quitter la chambre et, dehors, nous buvions une bière blanche assis parmi mes plantes dans des fauteuils d'osier :

« Autant te le dire tout de suite, avait-elle déclaré, Robert vend le *Patriot's*. Il part et il m'emmène.

– Où ça ?

– Chez lui.

– Où ça chez lui ?

– Près d'Aurillac. »

Puis après un silence :

« Et tu sais quoi ?

– ... ?

– Louison s'est suicidé.

– Quel Louison ?

– Louison. »

À croire Yvonne qui haussait les épaules, tous les paysans se pendaient entre Varenne et Sainte-Solange. Les vieux, les jeunes... Depuis quelque temps, c'était devenu une habitude, comme une épidémie.

Il y avait de ça trois ou quatre ans, c'était Tintin, le petit Tintin du Peyradoux. La mémoire me faisait défaut mais Yvonne insistait : je l'avais vu forcément sur les manèges de Saint-Génis ou peut-être même à la batteuse, mais il avait grandi, bien sûr, dans l'intervalle. Il approchait de la cinquantaine...

Toujours est-il que quand Tintin s'était pendu après la mort de ses parents, Louison était venu aux obsèques, sorti on ne sait d'où. Plusieurs l'avaient reconnu. Ils lui avaient un peu parlé en suivant le cercueil. Il paraît qu'il vivait à Limoges. Mais après le défilé au cimetière, il avait disparu. C'est seulement cette année, pas plus tard que la semaine dernière, qu'on l'avait découvert dans une grange quand des Anglais, pour y installer des chambres d'hôtes, avaient voulu acheter la ferme laissée à l'abandon. Il s'était tué avec son revolver.

« Son Luger ? »

Yvonne n'en savait rien, il s'était tué, c'est tout.

X

Aux sentiers du hasard

LA VIE EST UNE ATTENTE. Il fallut que le siècle passe et que le temps bascule dans un millénaire neuf pour que commence enfin la mienne. À cette époque, j'ai soixante ans. Personne alors, et encore moins moi-même, ne saurait dire si je suis heureux ou malheureux. Je ne suis ni gros ni chauve. Bien qu'étranger au sport comme à toute performance, je reste assez délié pour ne pas perdre un pouce de mon beau mètre quatre-vingt-deux. J'aime les bons restaurants où j'ai mes habitudes, où le chef après son service vient s'asseoir à ma table. Il m'offre un vieil alcool. Sur la table je lui laisse un croquis qui ne me coûte rien mais qu'on verra, à la rubrique des bonnes adresses, dans quelque magazine droit-de-l'hommiste et boursicoteur.

Impôts déduits, il me reste de l'argent. Je gère avec sérieux ma carrière d'humoriste. Assurant à ma clientèle le bénéfice du rire, je dénonce le ridicule des autres et ne bouscule que les idées courtes. Célibataire, j'ai la tranquillité d'être sans descendance connue ou reconnue. Les débâcles du futur ne pourront pas m'atteindre et la métaphysique n'est pas mon fort. En plein Paris, je vis dans une banlieue de l'âme. L'autre, la banlieue tout court, peut s'étendre jusqu'au bout du monde et s'embraser périodiquement, je la vois de mon huitième comme du haut d'un donjon. Emportée par ses trains qui passent perpétuellement sous moi, elle coule sans déborder vraiment dans le fossé profond de Saint-Lazare, soucieuse de ses acquis qui bornent son idéal et trop inquiète encore de la nuit qu'elle pressent pour hâter le grand soir où peut sombrer la France.

Il m'arrive de me demander quelle idée la plupart des gens peuvent se faire de la réussite. Ils la croient pleine de sens et le plus sûr remède contre la solitude. À ce titre, la renommée où j'étais parvenu aurait dû me combler. La vérité est qu'elle faisait le vide autour de moi.

En 68, nous avions été cinq, puis jusqu'à vingt dessinateurs quand le *Débile de Paris*, suite à l'interdiction ministérielle, eut été remplacé par le *Débil'hebdo.* Nous nous réunissions matin et soir. Nous dessinions pendant la nuit, toujours à chaud, pour livrer nos audaces attendues avant leur mise en page. Heureux temps où veillait la censure qui nous faisait une réputation. Saluerons-nous jamais le censeur inconnu, ce combattant de l'ombre, *desperado* de la morale ? Il a fui sans laisser ni image ni adresse. Son absence est une trahison : elle nous laisse à nous-mêmes au désert de tous les possibles.

Plus tard, avec *L'Indélébile*, nous nous étions organisés, nous habitions le Perche ou la vallée de Chevreuse, nous avions conférence chaque semaine.

Désormais, grâce à Internet, chacun de nous vit chez soi de sa notoriété. L'hiver dernier nous étions trois pour le banquet annuel.

Dans l'intervalle des signatures et des cocktails, le succès me rendait à ma vie vague. Tandis qu'avec mon pseudonyme mes dernières créations paradaient dans les kiosques, mon visage demeurait à peu près ignoré. Dans la rue, j'évoluais librement. Totale, depuis qu'Yvonne avait pris le large et que ma mère n'était plus, cette liberté prenait figure d'ennui. Au milieu de mes journées, quand j'avais lu la presse et achevé mes dessins du jour, je désertais l'appartement.

J'étais sans chien comme sans enfant, pas assez vieux encore, ni assez pauvre d'apparence pour demeurer plus d'un quart d'heure assis sur le même banc du square. Il me fallait marcher pour n'inquiéter personne. Quiconque marche semble avoir un but.

Je remontais la rue puis le boulevard des Batignolles. En souvenir de Bonnard, le peintre, qui y avait eu ses habitudes, mais aussi de la propriote qui prétendait avoir posé pour lui, j'allais m'asseoir à la terrasse du *Petit Poucet.* Je savais que dès lors je n'aurais plus à me demander qui je suis et ce que je fais sur terre car le garçon viendrait à moi, il me reconnaîtrait sans même savoir mon nom : pour lui et les passants, je serais le consommateur.

Cette promenade était sans histoire. La répétant jour après jour, je piétinais mes propres traces comme au temps de Beudot, Grimbert et Clairembart. Peut-être, également fidèles à nos anciens parcours, nous croisions-nous sans le savoir, méconnaissables et invisibles, proches dans l'espace mais séparés par le fossé du temps.

Il y eut un soir pas comme les autres. C'était en mars, il faisait beau soudain et déjà les tee-shirts remplaçaient les doudounes sur les avenues où les manifs tapaient sur leurs bidons.

À la terrasse du *Petit Poucet,* après trois mois d'hiver, j'avais retrouvé ma table, commandé un blanc sec. Je n'avais répondu que distraitement aux remarques ordinaires du garçon sur le temps qui passe et le temps qu'il fait. Sans que je puisse dire quoi, quelque chose sur mon chemin venait de me faire signe. Je me sentais ému comme d'un visage connu entrevu dans la foule ou d'une lettre ancienne exhumée d'un tiroir. Face à mon muscadet, j'entrais dans le mystère de la réminiscence, envahi par le sentiment d'avoir vu un fantôme auquel je n'aurais pas prêté à temps toute l'attention qu'il méritait.

J'abandonnai mon verre près du pourboire. Cent pas suffirent pour que, tournant le dos à la place Clichy, m'apparût une voiture garée en bordure du boulevard dans un alignement de véhicules sans âme. C'était une Ford ancienne et je la reconnus.

Comme une machine à remonter le temps, ce véhicule bossu à mufle de requin avait repris sa place au lieu précis où, pour la première fois, je l'avais vu, un demi-siècle plus tôt, alors fraîchement sorti d'usine et entouré d'envieux. J'avais comme eux mis tout mon rêve dans ce luxe d'Amérique. Par une promesse faite à moi-même, je le marquais d'avance comme ma propriété future et le trophée de mes succès que j'imaginais proches.

On l'appelait la Vedette.

Telle qu'elle reparaissait, ce soir de mars, laquée d'un rouge bordeaux, on aurait dit la même voiture ou sa réplique parfaite. Quelqu'un l'avait soignée et restaurée avec un soin maniaque pour finalement la mettre en vente comme l'indiquait une affichette sur sa lunette arrière. Jantée de blanc, plus neuve encore qu'à l'origine, elle prêtait à sourire l'homme de goût qui prétend se cacher chez moi sous le masque du blagueur.

N'eût été l'insomnie qui, toute la nuit suivante, m'avait tenu éveillé, j'aurais pu oublier ce dinosaure mécanique mais, tandis que je cherchais le sommeil, son image revenait plus forte. Dans les dérives de ma pensée nocturne sa réapparition finit par prendre l'allure d'une chance que je devais prendre en compte. Trompé par le faux jour dont brasille sans arrêt Paris, un merle vocalisait sur ma terrasse. En cette nuit d'un printemps précoce, j'arrivai à la conclusion que, pareille à sa sœur la lumière qui se révèle selon l'expérience sous deux natures contradictoires, la vérité peut, elle aussi, dépendre de son observateur. Je finis par me persuader qu'il dépendait de moi, et de moi seul, que le retour de la grosse voiture fût l'effet d'un hasard vulgaire ou d'un sens que prenait ma vie.

Certain de ne plus trouver le sommeil, je m'étais habillé pour descendre dans la rue. Paris bougeait à peine. C'était l'heure où, jadis, l'attelage des laitiers grondait sur le pavage. En bordure du boulevard désert, la voiture paraissait m'attendre comme une poule du trottoir qui connaît son affaire et qui vous voit venir. Deux numéros de téléphone étaient inscrits sur l'affichette : domicile et travail. Cash, oui, oui, je payais cash, moitié chèque et moitié liquide. C'est à regret, à cause de la flambée immobilière, que son propriétaire, tiré du lit, me livrait la Vedette : un Londonien de Singapour, acheteur de son immeuble Haussmann, l'obligeait, disait-il, à acquérir tout de suite et au prix fort son trois pièces en fin de bail.

Jusqu'à cette date avancée de ma vie, j'avais toujours pris soin de vivre sans voiture. Celle dont j'étais devenu responsable, si elle n'était pour moi qu'un fantôme du passé, m'imposait dans le présent et comme n'importe quelle autre ses contraintes et son esclavage. Au-delà du périphérique, j'avais fini par découvrir pour elle un emplacement fermé d'une grille dans un vaste parking surveillé par des caméras et égayé par une musique d'ambiance. Périodiquement, je lui ouvrais sa cage et je mettais son moteur en marche. Avant de la renfermer, j'effectuais à son bord plusieurs tours du troisième sous-sol. Une fois, effectuant une sortie jusqu'à la porte Dauphine, j'avais pris le risque d'une traversée du Bois, éternel rendez-vous des dames, voué aux friches et au sexe par les effets conjoints d'une tempête et des abandons. J'avais peu revu les lacs depuis mes navigations d'adolescent. Les îles restaient présentes mais tandis que Paris dorait son Opéra, électrisait sa Tour telle une enseigne de pharmacie, Cythère ici déprimait sur l'eau morte.

Le printemps obstiné qui assiégeait la ville invitait le corps et l'âme à des parcours moins tristes. Comme d'autres peuvent l'être, dès leur enfance, par la Bible, Walt Disney ou *Orange mécanique*, j'avais l'esprit marqué par de vieux films en noir et blanc, catéchisme des Batignolles : *Les Visiteurs du soir, Le Pays sans étoiles, La Tentation de Barbizon...*

Barbizon me tenta. Si la métaphysique ou la métempsycose manquaient au rendez-vous, j'y trouverais tout au moins la peinture et, pour copier Millet ou Théodore Rousseau, j'avais mes carnets de croquis. À soixante kilomètres de Paris, c'était, me semblait-il, un objectif valable pour une auto de collection.

Quittant une nouvelle fois les entrailles du parking, j'avais pu contourner Paris par le boulevard des Maréchaux.

Mon moteur tournait rond et j'allais joliment. Sur des voies trop rapides, il dépassa mon but. Arrivé à Franchard par le carrefour de l'Obélisque, je m'accordai le pèlerinage des gorges. Sur l'aire de stationnement j'y cherchai sans succès le peintre d'après-guerre que mon père admirait. Il lui peignait, disait-il, ses rochers :

« Les rochers de Franchard !... »

Impatientant ma mère, il ouvrait même son portefeuille et tendait à l'artiste sa carte d'identité où il était bien dit qu'il s'appelait Franchard, Lucien Franchard. Ce sens du calembour est une des bases de ma culture.

Les rochers et les pins étaient toujours présents mais le peintre avait quitté le motif et plié son chevalet. Vieux qu'il était déjà dans les années cinquante, on pouvait croire qu'il était mort. Sa roulotte pareillement avait pris ses distances, elle n'était plus visible.

Rien d'urgent ne me rappelait vers Paris. Pris au jeu de la conduite, je poursuivis ma route.

Il fut un âge où l'homme qui voyageait pensait chemin faisant. Une carriole l'attendait à quelque gare perdue où le lâchait un train, ambassadeur des villes. Son rêve allait encore devant. Aujourd'hui nos vitesses ont dépassé tout rêve, nos idéaux se réduisent à la revendication et le caoutchouc des pneumatiques gomme les restes d'une poésie déjà embaumée sous l'asphalte. Les contrastes s'abolissent et la ville est partout. Pour mieux la fuir, j'avais passé la Loire et pris la Sologne en écharpe.

Il arrive que le destin lâche du fil mais c'est pour mieux ferrer le poisson que nous sommes. Quand je croyais à mon libre arbitre, une autoroute m'avait happé. Elle partageait la France en deux et plongeait vers le sud. Sa pente, une fois de plus, m'entraînait vers Yvonne.

Yvonne souffrait maintenant de sa retraite. Au téléphone elle m'avait dit que je pourrais toujours la voir si je voulais faire l'effort de me rapprocher d'elle.

En dépit de son âge, la Vedette avalait les distances. Déjà, par un boyau parallèle à l'Allier je pénétrais au ventre hercynien de l'Auvergne. Il était clair toutefois que je ne dépasserais pas Saint-Flour sans refaire un plein d'essence. Espérant une station, je zigzaguais sous de hautes roches où perchaient des villages. Dans un flot de circulation, une indication brève m'annonça Sainte-Solange.

Du pont nouveau qui l'enjambait, c'est à peine si j'avais aperçu la rivière étirée dans ses sables. En bouquets successifs, les panneaux des ronds-points annonçaient des pays connus. Ils me parlaient tous à la fois, chantant dans mon souvenir avec des voix de bergères.

Au sud de Mont-Margot, j'avais pris une route large et droite. En bout de plaine, elle s'était incurvée pour attaquer de biais un rempart de collines. Les champs de blé et de tournesols faisaient place à des prés remembrés où du bétail paissait sans gardeuses ni bergères. Après les lotissements, excroissances de la ville la plus proche, le trafic s'était fait moins intense. Je ne croisais plus que des grumiers et leurs gerbes de pins. Les villages s'étriquaient en hameaux et les hameaux en fermes. Chaque tournant m'élevait d'un cran sur des versants de plus en plus boisés. Les fermes elles-mêmes devenaient rares.

L'arrivée dans Varenne-Saint-Roch est annoncée par un étang, un lac plutôt où descend la forêt pour y boire et que la route, pour entrer dans le bourg, contourne à l'opposé.

Je ne me rappelais plus ce lac ou cet étang. De Varenne où j'avais fait deux haltes, environ cinquante ans plus tôt, je gardais le souvenir lointain d'un pays de terre battue, heurté par mille sabots et habité, me semblait-il, d'autant de vaches et de chèvres que de femmes en blouse noire, d'hommes bruns ceinturés de flanelle et coiffés de vrais chapeaux. La place, sans pavés de fantaisie, était alors jonchée de paille, alluvion des campagnes d'alentour. Ce désordre avait fait son temps et les vaches avaient disparu, pareillement la population.

Pendant que je cherchais des yeux un hôtel ou une pompe, quelques jeunes débarqués d'un véhicule scolaire, sac aux fesses et pantalons mous, avaient poussé quelques clameurs avant de se répartir dans des maisons proprettes où veillaient les écrans du soir. Un tracteur et sa remorque avaient secoué l'écho de la rue principale. Puis le calme était revenu. Sur le pavé stérile, des voitures arrêtées encadraient l'abreuvoir orné de géraniums.

Un soir dont je profitais seul distribuait son soleil sur les toits de tuiles rondes et les pins des collines. Le boulanger fermait le jeudi et le brocanteur ouvrirait au week-end. L'église, d'époque romane, se visitait en groupe et sur demande. Une vieille qui fermait ses volets m'avait, du bout de sa canne, désigné la devanture de l'office de tourisme où du néon luisait encore. Près du loquet bloqué, un panneau renvoyait à la médiathèque, ouverte, précisait-on, jusqu'à 20 heures.

Les médiathèques sont aux bibliothèques ce que le pari de Pascal est aux *Confessions* de saint Augustin. Celle de Varenne, blottie dans un sous-sol de la mairie, annonçait « entrée libre ». On y entrait d'autant plus librement qu'elle était sans gardien ni gardienne. Parmi des livres empilés sur une table, un message annonçait qu'on pouvait se servir soi-même. En jaquettes jaunes et noires, le policier régnait sur plusieurs planches au-dessus des romans du terroir et des recettes de Margaridou. Ses lectures donnaient à entendre que ce pays survivait sans vrais drames, bercé de nostalgies tranquilles et nourri de cuisine éternelle.

J'avais le sentiment coupable d'inspecter une maison en l'absence des propriétaires. À force d'espérer quelqu'un, j'entendis des rumeurs de voix. Le bruit venait d'en haut. Si j'entrouvrais une porte donnant sur les toilettes et un escalier de céramique, m'arrivaient des paroles lancées sur plusieurs tons et répétées à différentes reprises.

Les voix se turent et le silence se fit, total, quand, en haut de l'escalier obscur, je tournai le loquet d'une porte. Elle s'ouvrit sur une large pièce que dominait une Marianne polychrome avenante comme une poupée gonflable. Plusieurs femmes à cheveux rouges s'y tenaient à l'arrêt en costume Belle Époque. Elles me dévisageaient en agitant leurs éventails. Il était clair qu'elles s'attendaient à l'arrivée d'un autre dont l'une d'elles avait dit :

« Avec lui c'est toujours comme ça ! »

Et tout de suite, elles s'étaient excusées : la critique ne me visait pas. Puis elles tombèrent sur une banquette d'opérette ou de salle d'attente.

Déconfites, elles épiloguaient : il fallait se rendre à l'évidence, on ne serait jamais prêts ! Elles se tournèrent vers moi pour me prendre à témoin :

« Depuis un an, on répète Feydeau. On devait jouer dans quinze jours pour la fête du pays d'Aubade. »

L'Aubade, m'expliquerait-on, irrigue plusieurs communes de ce versant du Livradois. Heureux de l'entendre nommer, je me rappelais son eau où, enfant vieillissant, j'avais pêché la truite et la couleuvre.

Un homme en frac, prostré dans un fauteuil et que je n'avais pas vu d'abord, prit alors la parole :

« Dans une pièce comme *Le Fil à la patte*, l'avantage est qu'il y a beaucoup de rôles. Il y en a pour tout le monde... L'inconvénient, quand on répète, c'est qu'il n'y a plus personne. »

Il avait poursuivi, philosophe :

« On veut faire du social, et c'est tout de suite la merde. »

Dans le silence qui revenait, j'avais demandé si, par hasard, je pouvais être utile à quoi que ce soit. La troupe m'avait considéré.

L'une des actrices prit la parole pour dire :

« Le général !... »

Celle-ci cachait ses cheveux sous un chapeau haut-de-forme. Elle m'adressait malgré son costume d'homme un vrai sourire de femme, un de ceux qui auraient pu m'aider à mieux vivre autrement mais dont je manquais encore. Il m'ôta le regret que je sentais déjà de m'être mêlé d'affaires qui n'étaient pas les miennes. Ce sourire avait dit encore :

« Pourquoi pas le général... »

Puisque j'acceptais de dépanner, je remplacerais l'absent en lisant ses répliques. Je ferais ce que je pourrais, avec ou sans accent. On me tendait des photocopies qu'on tirait d'un classeur.

Vu la pénurie d'hommes, la souriante jouait le rôle de Bois d'Enghien. Pour la scène qu'on allait répéter, elle se défit de la jaquette et du pantalon pour paraître en caleçon à rayures.

On avait toléré puis trouvé pas plus mal que mon accent de général sud-américain vire à l'anglo-saxon. À contrecœur, le philosophe qui jouait Bouzin était sorti de son fauteuil. Puisque la pièce avait repris son train, il rentrait dans son rôle. À la troisième réplique, il s'était révélé comique comme seuls les pessimistes peuvent l'être. On recommençait pour le plaisir et on riait depuis plus d'une heure quand la sonnerie de son portable l'avait rappelé à l'ordre. On le demandait, annonça-t-il, du restaurant. Sur un bref au revoir, il avait disparu par l'escalier de céramique.

Dans la minute suivante, les femmes pensèrent qu'elles pourraient l'arrêter encore. Il s'éloignait dans une sorte de cabriolet, rouge et chromé, qui débouchait de l'angle de la mairie. J'avais parlé trop tard. J'aurais dû dire tout de suite que je cherchais à me loger. À tout hasard, elles se précipitèrent du côté du balcon dont elles ouvrirent les fenêtres. Et elles criaient :

« Bouzin, Bouzin ! »

Cet acteur bénévole possédait près du lac une auberge trois étoiles. Maintenant il était loin. Rappelé par sa profession, il filait sur la route.

S'il y avait eu dehors des humains ou seulement des touristes, sans doute se seraient-ils étonnés de voir rire au balcon d'une mairie d'Auvergne trois cocottes à cheveux rouges, alertes en dépit de leur âge qu'atténuait la distance. Plus discrète, Bois d'Enghien demeurait en retrait. Pour les répétitions, elle venait spécialement des environs de Sainte-Solange à bord d'une voiturette légère qu'elle appelait sa palourde et qui avait la forme d'un escargot. Elle me guiderait, avait-elle dit, jusqu'à l'auberge. Non, non ! ça ne la dérangeait pas puisqu'elle rentrait chez elle. C'était presque son chemin.

De Bouzin j'apprendrais vite qu'il s'appelait Claude et qu'avec son ami René, artiste gastronome, il dirigeait l'*Auberge du Cygne,* créée par eux dans une villa d'avant quatorze. La palourde s'était arrêtée à l'entrée d'une allée qui s'arquait sous les pins.

« Vous ne pouvez pas vous perdre, m'avait dit Bois d'Enghien. Après, c'est la montagne, les voitures ne vont pas plus loin. »

Par la portière elle me tendait la main. Elle m'avait dit :

« Merci encore.

– De rien, c'est moi... »

Arrêtés au carrefour, nous restions côté à côte en voisins d'habitacle.

« On s'est payé un bon moment... »

Comme tout à l'heure à la mairie, elle avait eu son sourire clair qui prenait loin sa source. J'aurais voulu dire autre chose. Nous aurions pu dîner ensemble. L'envie m'en avait pris trop tard. Elle repartait déjà, solitaire sur la route.

Débouchant sur une cour pavée, j'avais, face au perron de l'hôtel, arrêté ma Vedette restaurée près d'une Mustang de collection dont le toit rabattu révélait l'intérieur de bois verni et de cuir fauve. Deux voitures du même type étaient garées plus loin, sous la voûte d'une remise.

René et Claude, amoureux d'un passé où ils faisaient leurs choix, étaient correspondants du Club européen des Ford anciennes dont les adhérents venaient de partout faire étape à Varenne et profiter, en cas de besoin, d'un petit atelier d'entretien et de réparation. Deux d'entre eux, homme et femme en tenue des années cinquante, étaient arrivés sans prévenir. Ayant passé la Manche, ils descendaient vers l'Italie. De leur table à la mienne, Bouzin, en maître d'hôtel, évoluait avec style sur le parquet ciré. Dans l'intervalle des plats, usant de l'anglais de Tony Blair, nous échangions quelques propos polis sur l'Europe d'après Trafalgar. Eux montés dans leur chambre, je demeurai seul à ma table, Bouzin m'ayant laissé face à un armagnac qu'il servait en gants blancs. Par-dessus une terrasse à balustres, je voyais le lac crépusculaire. Cette journée n'était pas sans bonheur et j'appréciais qu'elle dure encore. En mai, les soirs ont des longueurs dont le présent profite.

Après plusieurs essais, j'avais pu joindre Yvonne sur son portable. Avec Robert, son gros mari, elle était en croisière pour trois semaines : la Grèce, l'Égypte... soleil, culture et bouffe à bord d'un quelconque *Titanic*. Elle s'éloignait quand je croyais la joindre. Hasard supplémentaire qui libérait ma vie : il me menait au versant clair où Yvonne ne serait plus qu'une ombre.

J'avais pu faire le plein d'essence mais rien ne m'obligeait vraiment à reprendre la route. Claude, une fois de plus, avait changé de costume. À ma demande, en salopette, il vérifiait maintenant les freins de ma Ford qui m'inspiraient des doutes. Il y avait lieu de changer une pièce. On tombait dans le week-end, je ne pourrais pas repartir avant quatre ou cinq jours.

« En plus, vous perdez de l'huile... une chance d'être venu jusqu'ici ! »

Pour le même prix de pension il avait mis à ma disposition une chambre double équipée d'Internet où je pourrais travailler comme chez moi et faxer sans problème mes trois dessins à *Semaine de France*. Aidé de René, il m'avait apporté une grande table. J'y avais étalé des feuilles échappées du carton qui ne me quitte jamais. Avec un jeu de crayons que j'ai toujours en poche, je le tiens prêt jour et nuit pour attraper au vol ce qu'on appelle l'inspiration, oiseau fidèle qui n'a pas d'heure.

« C'est vous Dzano ! »

J'avais avoué. René et Claude étaient ravis. Ils connaissaient tous mes albums. Le dernier surtout, d'après eux le meilleur des *Paniques de Panurge*. Quand, après soixante ans de dialogue avec moi-même, je doutais plus que jamais de mon identité, eux, qui ne me connaissaient que depuis quarante-huit heures, me faisaient assez confiance et me tutoyaient déjà. L'un disait :

« Ce serait un scoop, si tu signais tes livres à la fête du pays d'Aubade. »

L'autre approuvait :

« Un auteur de Paris, ça changerait du terroir. »
J'avais dit :
« Si tu veux ! »

Frère de l'inspiration, le hasard est un autre oiseau qu'il ne faut pas effaroucher. J'avais vu son sourire, entendu son accent. Je ne souhaitais plus quitter Varenne où j'avais le sentiment – sans rien dire ni laisser paraître – d'être à son rendez-vous. Le hasard ne doit pas se rendre compte qu'on voit clair dans son jeu. Il n'est plus le hasard, il se disqualifie s'il abuse des coïncidences. On peut croire qu'il le sait à voir le soin qu'il met à brouiller sans arrêt ses pistes. Le hasard veut rester le hasard, du moins en apparence. Il a des raisons de se méfier : il sait trop ce que valent les hommes. Sur le premier prétexte, pour se sentir moins responsables, ils l'appellent Providence. Ils lui mettent leur destin sur le dos.

J'avais revu Bois d'Enghien au matin du dimanche suivant, après la troisième nuit de ma pension à l'*Auberge du Cygne*. Surgie comme par inadvertance, elle longeait la terrasse et faisait mine d'admirer l'eau. Cependant, elle approchait de la table, où, abrité par un parasol et feuilletant une *Semaine de France* apportée de la ville par Claude, je finissais sans hâte mon petit déjeuner.

Sous un gilet léger flottant sur ses épaules, elle portait une robe claire à pois bleus. Bouzin, la veille à la mairie, lui avait indiqué qu'elle me trouverait sans faute là où j'étais effectivement. Craignant que je ne la reconnaisse pas, elle s'excusa de ne plus être en caleçon. Elle était venue comme elle était, habillée pour la messe de 10 heures. J'avais dit que ce n'était pas grave et qu'avec ses cheveux noués d'un ruban dans le dos elle ressemblait à un Chardin, pas à la pourvoyeuse mais plutôt à l'enfant au toton. Elle s'était excusée encore. Elle m'avoua être inculte et ne connaître ni l'une ni l'autre. D'une manière générale, elle ignorait tous les chefs-d'œuvre de la peinture française, n'étant jamais encore montée jusqu'à Paris. Je vis qu'elle rougissait et je lui en fis la remarque en déclarant que ce n'était plus de son âge mais néanmoins signe de jeunesse. Je n'aurais voulu ni la vexer ni renoncer au cynisme qui était mon image de marque.

« Et comme ça, vous allez à la messe ?

– Si ça ne vous dérange pas. »

Elle avait redressé la tête. Face au loup que je croyais être, elle se défendait comme Blanchette.

« C'est donc que Dieu existe ?

– Il existe si on veut.

– Supposez que je ne veuille pas...

– Ce sera tant pis pour Lui.

– Le pauvre !

– Tant pis pour Lui, tant pis pour vous. »

Quand déjà je m'y égarais, elle coupa court à la métaphysique. Elle était venue pour autre chose.

Elle voulait simplement savoir si j'acceptais ou non le rôle comique du général. Son titulaire, vexé qu'on ait pu répéter sans lui avait fait une histoire terrible pour finir par claquer la porte. La pièce était en rade.

Pendant les jours qui précédèrent la fête, j'allais revoir Bois d'Enghien tous les après-midi. Le matin j'apprenais mon rôle. Ponctuellement à 2 heures, en short et sac à dos, elle m'attendait sur la terrasse. D'une poche du sac, elle extrayait les textes que nous aurions à préparer et nous partions ensemble pour plusieurs tours du lac où quelques baigneurs courageux commençaient à se risquer. Ils plongeaient d'un radeau. Sans doute s'étonnaient-ils en voyant sur la berge nos disputes de théâtre. Nous tâchions de les oublier, disposant de trop peu de jours pour nous laisser distraire, et, si nous étions drôles, c'était le plus sérieusement du monde.

Bois d'Enghien s'excusait d'abuser de moi et de mon temps. Elle s'efforçait de rendre notre travail plus agréable. Par Claude, elle avait su que je parlais l'anglais et pensait que je buvais du thé. Nous faisions halte sur un banc ou un arbre couché pour plonger nos sachets dans de l'eau chaude. Nous croquions des biscuits. Un jour, elle posa son gobelet sur une souche puis, sur ma cicatrice, un index questionneur rétracté aussitôt. J'aurais pu dénoncer le hasard, mais j'avais seulement dit :

« C'est une histoire de fous à cause d'une folle. »

Si nous étions fatigués de marcher, nous empruntions un pédalo à Brigitte, la gardienne du lac qui, dans *Le Fil à la patte,* tenait le rôle de la belle-mère.

Brigitte est une sportive. L'été, elle fait fonction de sauveteuse et blague à la buvette qui, sur des pilotis, lui sert de mirador. Perchée dès les beaux jours, elle a le verbe haut. Provocatrice, quand nous nous retrouvions en costume Belle Époque pour la répétition du soir, elle nous lançait chaque fois au travers de la salle :

« Ça va les amoureux ? »

Dans le cadre du festival annuel du groupement de communes, la représentation de la pièce de Feydeau devait se faire en extérieur au château de Saint-Génis. Des sièges furent apportés sur des camions. Nous les placions en demi-cercle de part et d'autre de la fontaine, tournés vers une estrade couverte que des employés communaux finissaient de bâtir sur les marches du perron. De son côté, l'artiste bénévole responsable des décors mobiles n'achevait plus de remplir ses panneaux. Ses bidons encombraient les toutes dernières répétitions. Pour compléter les manques, j'avais dû travailler jusqu'au milieu de la nuit à grands coups de pinceaux trempés dans l'acrylique, ratant ainsi le quatuor qui, le vendredi soir, jouait des œuvres d'Onslow au prieuré de Sainte-Solange. La météo prévoyait de la pluie et l'ambiance était à l'orage.

Installée à Varenne sur le pourtour du lac, la Fête du livre, par chance, échappa aux averses. En ce samedi après-midi, les chaleurs printanières invitaient à des escapades vers le frais des hauteurs et les voitures montèrent nombreuses des villes de la Limagne. Récompensant le libraire venu avec ses caisses du chef-lieu du département, de belles queues s'allongeaient face à la tente et aux tréteaux de Dzano l'humoriste. Il était plus de 7 heures du soir quand elles finirent par se dissoudre.

J'avais mis en réserve le dernier exemplaire des *Paniques de Panurge* dédicacé à Bois d'Enghien que tout le monde appelait Ninou.

Ninou par-ci, Ninou par-là...

Ninou partout parait au plus pressé. Toujours souriante, elle semblait m'oublier au bénéfice de mes voisins – prosateurs de la nostalgie, du bon vieux temps des guerres et des valeurs locales – qui pointaient une à une leurs ventes comme des victoires d'aviateur.

« À Ninou sincèrement,... » Sur toute la page de garde variait l'adverbe dans une cascade de fausses ratures :

« Cordialement,
tout bêtement,
tendrement... »

Pour finir par « le bon souvenir d'un Parisien de passage », suivi de la signature : « Jacquot Franchard, Dzano de la Bastide et général de circonstance. »

Je forçais le destin mais lorsque Bois d'Enghien qui remerciait tout le monde au nom de son association était enfin venue à mon stand, elle m'avait refusé le livre :

« Si ça ne vous ennuie pas, j'aime autant vous le laisser. Brigitte m'a montré le sien qu'elle trouve vraiment très drôle. »

Elle-même l'avait feuilleté, mais honnêtement, elle n'aimait pas. Dans le genre humoristique, elle préférait Peynet qui avait, disait-elle, son musée à Brassac.

« Ma mère aussi aimait Peynet, les amoureux de Peynet...

– Vous me trouvez démodée ?... »

Le libraire remportait ses cartons. Nous étions seuls au bord du lac. Elle s'en voulait de sa franchise. Sa gorge se nouait, elle n'avait plus rien dit, puis elle était partie soudain. J'avais vu la palourde filer vers Sainte-Solange.

Après le concert et la littérature, le dimanche était le jour du théâtre.

Il y avait eu quelques grosses gouttes au commencement du dernier acte et aussitôt tout le ciel avait fondu sur Saint-Génis-la-Tour. Sous l'eau froide et la grêle, une panique avait pris la foule qui bousculait les sièges et cherchait les refuges. Il n'y en avait pas d'autre que le chapiteau qui abritait la scène. Mêlée aux acteurs en costume, l'assistance piétinait les planches puis, chassée par les cataractes descendues des toitures, s'insinuait vers l'abri du château.

Les décors écartés révélaient une grande salle aux murs nus. Depuis longtemps déjà, la comtesse et sa chaise d'infirme dont certains se souvenaient encore avait quitté ce monde, et pareillement l'abbé Chenu qui chaque année, après la procession, partageait sa tisane du soir. Un vandalisme d'antiquaires avait emporté les lambris. Au rez-de-chaussée comme au premier étage les vieux salons rocaille et les chambres à décors de stuc s'étaient évanouis sans retour. Des toilettes occupaient les boudoirs. L'apparat poussiéreux des anciens privilèges avait fait place au réfectoire, au dortoir et aux douches d'une colonie de vacances pour enfants des banlieues, jeunesse faraude des trente glorieuses qui avait fait son temps comme l'aristocratie. À leur tour les installations modernes et hygiénistes sombraient dans l'abandon, reniées par les priorités nouvelles de l'exigence sociale.

L'assistance passait au buffet dressé au bout de la salle sur des nappes de papier. Si le temps l'avait encore permis, on aurait fini de jouer la pièce, mais ce mois de mai, après deux semaines complices des amours renaissantes, ne permettait plus rien. L'orage grondait. Dedans, l'air et les murs conservaient la chaleur des beaux jours. Dehors en revanche, sur le chaos des sièges abandonnés, c'était maintenant la nuit. Nuit noire où s'installait l'averse.

L'orchestre était en place. Au nom de l'association et en l'absence du président malade, c'est Bois d'Enghien qui, poussée par Brigitte et l'ensemble des acteurs, avait lu le discours et annoncé le bal. Elle avait pu quitter son déguisement et passer, car c'était dimanche, sa robe ni courte ni longue. Elle était venue vers moi, elle voulait s'excuser pour hier : elle n'avait pas été gentille. Plus hauts qu'à l'ordinaire, ses talons rapprochaient son visage du mien. Sous l'étoffe à pois bleus, ses seins vaillants montaient à ma rencontre et son sourire visait plus haut encore. Il disait mieux que les paroles banales que prononçait sa bouche. Nous avions eu une rude journée, n'est-ce pas ? La pièce était à l'eau. Mais Bois d'Enghien n'était pas triste.

« Tant pis ! »

Elle haussait les épaules. Elle pensait que ce n'était pas plus mal et même que c'était mieux, que le dernier acte était trop long, que les gens avaient assez ri. Son regard brillait sous les guirlandes qu'elle et moi, sur des échelles doubles, avions suspendues à la hâte. Il s'était attaché au mien. Elle avait répété « tant pis ! », puis ajouté avec une étincelle dans l'œil, presque une audace :

« Ça fait pas rien. »

Et tout de suite, elle avait déclaré que nous devions danser ensemble. On trouverait ça plus que normal. Par la main, elle me remorquait jusqu'au milieu de la piste. Les gens applaudissaient et nous avions salué comme on fait au théâtre. L'accordéon lançait la valse qui couvrit le bruit de l'averse. Par chance, le rez-de-chaussée s'emplissait de couples qui tournaient déjà. Leur nombre cachait mes maladresses et, en manière d'excuse, parce que mon pied rencontrait sa chaussure, j'avais dit à Ninou :

« Cela fait un bon demi-siècle que je n'avais plus dansé comme ça. »

Elle, patiente, dirigeait mes mouvements que je tâchais d'accorder aux siens. J'aurais voulu virer follement, emporter cette cavalière tendre comme avait fait Louison quand il dansait avec Yvonne et qu'à deux, à bout de bras, ils envoyaient flotter sur les quatre horizons les rubans palpitants de leur cocarde d'espérance.

Une poussée des autres danseurs nous avaient envoyés l'un sur l'autre et je m'étais excusé encore.

« Ça fait pas rien. »

C'est le visage contre moi qu'elle avait répété son mot de passe. Elle redoutait une chance qu'il faudrait mériter et le défi d'un tel hasard qui, de loin, nous ramenait l'un vers l'autre. Ma bouche touchant ses cheveux, j'avais dit comme elle l'attendait :

« Mais ma pauvre Marinette, tu devrais enfin savoir que si ça ne fait pas rien, c'est que ça fait quelque chose... »

Après tant de bénévolat pour l'association et la Fête du pays d'Aubade, tant d'allées et venues, d'inquiétude et de contretemps, d'espérance et d'aboutissement, ce trop-plein d'émotion débondait sa fatigue. Dans la fleur de son troisième âge, jeune retraitée de la Caisse d'Épargne, elle était vive et attrayante, femme devant l'Éternel mais néanmoins fragile. Elle sombrait dans mes bras. J'avais dû l'emporter vers mon auto providentielle.

XI

« Ma roulotte »

Il était clair qu'entre Varenne-Saint-Roch et Sainte-Solange beaucoup de gens connaissaient Marinette Ginestoux, originaire de Saint-Génis-la-Tour. S'ils parlaient d'elle en son absence, ils commençaient toujours par soupirer :

« Cette pauvre Ninou ! »

Tout le monde était d'accord : jusqu'à ces derniers temps, Ninou n'avait eu que du malheur. Il faut dire qu'avec l'homme qu'elle avait épousé et qui lui avait fait un fils pareil à lui – pire si c'était possible – elle ne risquait pas d'être à la fête. À eux deux, ils l'avaient lessivée. En plus de son salaire mensuel, ils lui avaient mangé tout ce qu'elle avait hérité de ses parents. On disait même qu'ils la battaient. Heureusement, l'homme avait voulu le divorce, il était reparti en ville en exploiter une autre. Pour ce qui est du fils, il était mort d'un accident à la sortie d'une discothèque. Une fois de plus, on parlait de suicide. On peut dire que c'était tout comme, déjanté et drogué qu'il était.

Ainsi, au printemps de mon retour, s'exprimaient la rumeur amicale et le chœur des compatissants.

Aujourd'hui, si je demande à Marinette quelle idée lui était venue d'aller faire un enfant sans avenir avec un homme qui la battait, elle dit que c'était bien fait pour elle et tout de sa faute. Il y avait eu un moment dans sa vie où, fatiguée de m'attendre, elle n'avait plus rêvé, elle avait laissé faire la malchance.

Je lui dis ce que je pense du hasard et nous sommes bien d'accord. D'après elle, on ne peut rien espérer du hasard si on ne sait pas lui tendre un rêve. Je constate que nos deux pensées, nées d'une même source ancienne, ont suivi leur chemin secret pour se rejoindre sous une même lumière.

Ninou avait été très longue à remonter de son enfer. Mentalement, elle avait dû mettre tout son passé en ordre et achever son « travail de deuil » comme aiment à dire nos psychologues, polichinelles de l'âme qui vendent les secrets du bon sens aux pierrots de la nouvelle lune. Pour s'arracher à la tristesse, elle s'était investie dans les Fêtes du pays d'Aubade. Au moment où il y avait eu cette vague étonnante de suicides un peu partout dans les villages anciens, elle s'était consacrée à l'ACVR,

« Association culturelle, vigilante et récréative ». Maintenant, elle ne veut plus être triste. Si on discute, elle dit que la sécurité, l'emploi, les gosses, le sexe, les techniques, le confort et tout le reste n'apporteront pas la Joie si on ne l'a pas d'abord.

Elle dit qu'elle est du parti de la Joie. Un jour, lorsque nous répétions encore au bord du lac, elle l'avait annoncé. J'avais fait mine d'avoir des doutes :

« Ninou, tout de même, la Joie ne vient pas comme ça.

– Elle vient si on l'appelle.

– Mais Ninou, la tristesse vient toute seule, on n'a même pas besoin de l'appeler.

– C'est ce qui fait qu'on y croit. Les gens la trouvent devant leur porte. Ils ne vont pas chercher plus loin et ils pensent qu'ils sont raisonnables.

– N'empêche, on n'est pas triste pour son plaisir.

– Je me le demande.

– La tristesse a tout de même ses motifs...

– Tous les os à ronger sont bons pour la tristesse. »

Brigitte s'inquiétait plus ou moins. Souvent, en quittant son perchoir du lac, elle passait à l'*Auberge du Cygne*. Un soir, au bar, elle m'avait dit son inquiétude. Elle trouvait que Ninou en faisait trop :

« Trop, c'est trop. »

Elle craignait la rechute :

« Ce qu'il lui faut, c'est un homme. »

Puis, m'attrapant du regard :

« Un homme comme toi. »

Il arrive que la Joie soit trop forte comme une fièvre qui laisse l'âme à vide ou comme un feu qui embrase ses réserves et qu'il faut rallumer patiemment.

Quittant le bal sous l'orage, j'avais emporté Marinette par le chemin étroit, aujourd'hui goudronné, que jadis empruntait la moto du docteur Gueniet. Dans son vallon de granit, il suit l'Aubade, sa pente et ses contours. Elle avait fait tout ce parcours sans rien dire. Simplement, en quittant ma voiture, elle m'avait dit merci et j'avais entrevu qu'elle traversait l'averse jusqu'à un portillon.

Il était convenu que nous nous reverrions avant mon départ pour Paris mais, au lendemain de la fête et en plein jour, je m'étais perdu deux fois avant de retrouver le lieu dit « les Lugères » qu'elle avait évoqué quand je l'avais accompagnée la veille. Elle y vivait à bord d'une caravane dont elle m'avait ouvert la porte. On appelait ça un mobil-home. Un tracteur, me révélerait-elle, vous l'amenait sur le lotissement ou la parcelle viabilisée que vous aviez choisie.

Une pancarte en bois peint clouée au portillon annonçait « ma roulotte ». Moins voyageuse encore que la villa du même nom qu'habita Pierre Bonnard dans l'Eure et dont les claires peintures ont fait depuis le tour du monde, la roulotte de Ninou, achetée sur le site, n'avait pas changé de place depuis plus de vingt ans. Il était révolu le temps où on partait derrière son cheval, s'arrêtant le soir venu pour allumer le feu sous la marmite près d'un bois où coulait une source. On ne tolère aujourd'hui ni rêveurs ni nomades et, pour peu que vous preniez le large, vous gênez la circulation. Fatalité d'un monde qui croit qu'il bouge.

Marinette avait pris son parti de l'immobilité. Pour voyager plus joliment sur place, elle avait entouré sa parcelle d'une barrière à claire-voie doublée par une haie d'aubépine et de pois de senteur. Des rosiers formaient des arceaux et grimpaient sur une pergola qui encadrait l'entrée de cette péniche en rade naviguant sur les fleurs. Tout était propre et gai dedans.

Pendant qu'elle préparait pour nous du café dans sa cuisinette, Marinette m'avait fait asseoir sur son canapé dépliant qui me rappelait celui de la rue des Dames. De l'endroit où elle me laissait j'apercevais, pendu à la paroi, un ensemble de cadres à l'ancienne qui contenaient des dessins d'enfant. J'étais passé devant sans trop les voir et j'allais me lever pour les examiner de près quand elle était revenue apportant le plateau. Il me sembla que le café tremblait dans la tasse que tendait sa main. Elle m'avouerait que, ce jour-là, l'inquiétude la paralysait. Elle avait, dirait-elle, « le trac ». Si elle parlait pourtant, c'était pour ne rien dire, insistant sur l'urgence qu'il y avait soi-disant à remettre le château en ordre. Château, bien sûr, qui n'était pas à elle, prêté pour quelques jours seulement à l'association et dont, tant qu'elle avait les clés, elle se regardait comme responsable.

Abandonnant nos tasses et la roulotte, nous étions remontés à Saint-Génis-la-Tour par les gorges de l'Aubade. Nous avions rassemblé les chaises éparpillées parmi les flaques. Il fallait les stocker en piles près du portail d'entrée où un camion municipal devait venir les prendre. Puis nous avions rangé les tables, rassemblé des ordures éparses et nettoyé à deux balais le sol de la grande salle. Les guirlandes attendraient : peut-être serviraient-elles encore, la chance aidant, pour la danse folklorique, les expositions d'août et le grand repas d'octobre.

Le château de Saint-Génis était le seul local spacieux dont l'association pût disposer encore avec l'accord fragile d'une agence internationale qui l'avait mis en vente depuis six mois déjà. Avec sa fontaine d'apparat, ses deux tours d'angle, ses fenêtres à hauts volets et ses toits de tuiles rondes, ce manoir occitan avait des apparences dont on eût raffolé sous un climat moins rude. Toutefois, loin des aéroports comme des ports de plaisance, il laissait hésitante encore une clientèle qu'achevait de rebuter son intérieur sans grâce.

Nos besognes terminées, nous demeurions les bras ballants, incertains de nous-mêmes. Tout le monde savait que je partais le lendemain. On voulait bien admettre qu'arrivé par hasard j'avais beaucoup donné, assez du moins pour cette saison. Parisien d'origine, on comprenait que je ne faisais que passer dans ce coin de campagne car, s'il est de tradition que l'Auvergnat monte à Paris, il est moins assuré que le Parisien, réel ou banlieusard, veuille descendre en Auvergne. Pourtant, comme autrefois à Jeanne, j'avais promis que je reviendrais, et Marinette cette fois m'emmènerait à la Bastide que j'aurais bien aimé revoir. Elle-même n'y montait que rarement. Elle préférait me prévenir : le village avait bien changé, rénové qu'il était par des Européens de Hollande et d'ailleurs. Elle accepterait tout de même d'y retourner avec moi :

« L'année prochaine, si ça vous fait plaisir... »

De tant de gens que j'avais coudoyés à Saint-Génis comme à Varenne, elle demeurait la seule à me vouvoyer encore.

Elle n'avait pas voulu comme je le proposais que nous dînions ensemble à l'*Auberge du Cygne.* Elle disait qu'elle était fatiguée...

« ... et puis, ce serait trop triste. Je risquerais de pleurer et ça agace les hommes. »

Pour occuper une heure ou deux qui nous restaient, nous avions visité les abords du château, les deux jardins en friche et le petit bois avec la croix sur son dolmen. Puis, empruntant l'escalier noble, inchangé depuis deux ou trois siècles, nous avions exploré les étages. Tout ce que les antiquaires n'avaient pas emporté avait été refoulé vers les hauteurs. Restaient surtout des livres d'avant les guerres, brochés pour la plupart, à couverture de papier jaune, passés, froissés et invendables, mais souvent vierges encore et dont les pages, fraîches en leur cœur, n'avaient même pas été coupées, comme si le temps, les mobilisations, la maladie ou la surabondance d'un âge d'or des littératures avaient gagné les lecteurs de vitesse, leur réservant, jusque dans l'au-delà, des champs sans fin où fleurissait l'esprit. Des paquets de gros papier brun expédiés de Paris étaient restés intacts près des lettres demeurées sans réponse ou des vieux abonnements encore ceinturés de leur bande. Chaque feuillet déployé livrait son lot d'espoirs anciens, joies ou mécomptes d'une époque improbable mais dont le cachet de la poste persistait à faire foi. Nous aurions pu passer des jours entiers à trier ce courrier en souffrance. Avec l'approche du soir, la pénombre confondait les signes comme le hasard confond les hommes hors du regard de Dieu, mais ils prenaient leur sens et livraient leur message si nous nous approchions du plus proche œil-de-bœuf. Pensifs, nous relevions la tête. Dehors, à l'horizon des tours, la verdure montagneuse propageait loin ses houles.

Nous avions refermé le château puis la grille à volutes de fer qui grondait sur ses gonds. Marinette avait repris sa voiture abandonnée depuis la veille. Tandis qu'à l'opposé m'emportait la Vedette, je pouvais voir dans mon rétroviseur la palourde s'éloigner à regret, traverser Saint-Génis-la-Tour pour enfin disparaître.

Vers le milieu de la matinée suivante, j'avais quitté Varenne sans hâte, comptant bien ne regagner Paris que par des voies tranquilles en marge des grands axes. Après deux ou trois heures d'une conduite soutenue, j'avais peu à peu ralenti pour m'arrêter enfin près du canal qui côtoyait alors ma route. Il faisait clair et beau. Midi déjà, comme une blonde qui saute à la corde, avait passé la ligne qui va d'Auvergne en Ile-de-France.

Les perspectives de l'eau, rompues seulement par une écluse ou l'arche d'un pont de pierre, ordonnaient cette contrée où l'homme et la nature maintenaient une vieille alliance. On aurait dit qu'un rêve d'aristocrate prolongeait jusqu'ici ses avenues. À bonne distance des métropoles, aucune outrance pavillonnaire ou commerciale, métastase des banlieues, ne perturbait encore le fragile équilibre. Un tourisme d'eau douce glissait discrètement, porté par de petits navires où des femmes aux seins nus bronzaient sur des chaises longues.

Près du canal, sous des tilleuls, une auberge proposait des plats simples sur des nappes à carreaux. Consommant la blanquette avec le vin du proche coteau, je revoyais mentalement Marinette, son visage et ses façons d'être. La veille au soir, elle me parlait encore. De la tour du château, quand nous nous attardions à regarder l'Auvergne par la fenêtre ovale, je lui avais proposé de l'emmener avec moi. Nous partirions à bord de la Vedette et j'avais raconté, histoire de la convaincre, comme Paris était propre et beau avec son Opéra doré, sa tour Eiffel qui scintillait...

Elle avait dit :

« Plus tard. »

Elle avait son idée d'un Paris qui n'était pas le Paris des touristes, encore moins des comptables ou de la politique. Elle n'aurait pas voulu qu'il la déçoive. Ou est-ce moi qui la décevrais comme j'avais pu la dérouter déjà en tant qu'artiste parisien, ironiste et désenchanteur ? Elle préférait garder son rêve. Moi-même, depuis l'été lointain où filait dans la nuit l'étoile de notre enfance, j'aimais une Marinette que j'avais préservée en possédant Yvonne.

J'en étais à ces réflexions quand, peu à peu, sans avoir bu plus que de raison, je me sentis envahi d'une sorte de plénitude. Un bonheur imprévu m'emplissait tout entier sans distinction de corps ou d'âme. Il éclipsait les petites gloires qui, ce matin encore, suffisaient à ma vie réputée acceptable. Un raccourci soudain me ramenait à la Joie qu'un soir j'avais reçue par grâce dans une antique micheline et j'avais le sentiment de retrouver une lumière perdue après un long tunnel de quarante ans.

Tournant le dos à Paris, j'avais longé à rebours les berges du canal. Ma mémoire éclaircie revoyait les images encadrées que j'avais entrevues la veille. Elles montraient des rochers couleur de chocolat, des sapins verts comme aux vitrines des magasins où enfant j'avais fait la queue pour voir avant Noël les petits trains traverser des montagnes de carton. Surtout, il y avait un dessin qui montrait une fillette tricotant près d'un chien. Ma vie avait décrit un arc qui me ramenait face à mes premières œuvres comme devant celles d'un étranger. Quand j'admirais les vrais artistes de jadis et de naguère et m'illustrais moi-même sous un nom dérisoire, Marinette nous restait fidèle en son terroir et ornait sa roulotte de rêve des premiers tâtonnements d'un éternel Dzano.

Sans m'arrêter, sinon pour faire à temps mon plein d'essence, je poussais la Vedette vers la campagne de Sainte-Solange. J'atteignis les Lugères vers 5 heures et il faisait grand jour encore. Or, Marinette était absente. Il me fallut l'attendre aux marches de sa porte. Quand enfin elle était arrivée, un soleil rouge plongeait au cratère du puy de Dôme.

Elle avait vu, garée contre sa haie, ma voiture sans pareille. D'une main, elle ouvrit la barrière. De l'autre, comme on tient une colombe, elle calmait son sein gauche. Cachant son trouble, elle s'inquiétait de ma santé. Est-ce que j'avais, demandait-elle, oublié quelque chose ? Elle s'en voulait, elle aurait pu rentrer plus tôt. Elle s'excusait encore :

« Si j'avais pu prévoir... »

Pour toute réponse, j'avais posé mes lèvres sur sa bouche et nous étions entrés dans la roulotte. Aventurant ma main, j'avais pris la colombe palpitante, nue sous un tricot blanc.

En souriant, Marinette s'écarta. C'était afin de déplier son lit dont elle lissait longuement les draps en m'avouant pour donner le change – pour se garder peut-être encore – qu'elle revenait de chez Brigitte. Elle y avait passé l'après-midi pour pleurer auprès d'elle, faire leur jogging autour du lac et redire entre femmes tout le mal qu'on peut penser légitimement des hommes.

Quand elle eut mis nos oreillers côte à côte sur son traversin, j'avais pris la parole, moins pour lui faire mes reproches que pour la rassurer, lui dire et lui redire que cette nuit et les autres nous dormirions ensemble.

« À nous deux, lui disais-je, nous appellerons la Joie. »

Et Marinette, au nom de la Joie, ayant quitté short et baskets, m'ouvrait ses cuisses comme deux ailes blanches.

Le lendemain, tête à tête, nous avions déjeuné au *Cygne* puis obtenu de Brigitte qui en avait la charge deux vélos à gros pneus. Sans délai, nous voulions entreprendre le pèlerinage de la Bastide. Ainsi, nous pédalâmes ensemble mais sans inquiéter les jaloux.

Pour leur donner le change, casqués comme des hannetons, nous cachions notre amour sous l'ordinaire du ridicule.

Si la montée nous coupait le souffle, nous mettions pied à terre. Sur nos vieux chemins méconnaissables, des machines sans remords avaient nivelé les tertres, enterré dans les fondrières tous les murs de bordure. Elles avaient raboté la roche où j'avais vu tanguer jadis, comme dans une autre vie, les grands chars des moissons. Le goudron couvrait la caillasse là où avaient crissé les roues du barreau de la Jeanne que halaient deux de ses vaches et j'avais dit leur nom que Marinette se rappelait aussi. De même, elle aurait pu nommer, l'une après l'autre, chacune des anciennes vaches de la Bastide.

« Aujourd'hui, disait-elle, elles ont des numéros qu'on leur visse à l'oreille. »

Un peu plus tôt, lorsque nous attaquions la côte, nous avions dû longer le cimetière de Saint-Génis où dormaient Charles et Jeanne. Laissant nos VTT à sa porte de fer, nous avions parcouru les allées pour y passer la revue des tombes. Tant de gens qui eux aussi avaient porté des noms gravés maintenant sur la pierre grise ! Nous les lisions l'un après l'autre. À cet appel, leurs voix nous revenaient telles qu'elles sonnaient à la longue table du repas de batteuse. Du moins pouvions-nous dire qu'ils avaient existé, pour ceux-là nous portions témoignage. Mais d'autres, plus anciens, prenaient rang derrière eux dans l'ombre. Enfants que nous étions, nous avions profané leurs chambres silencieuses, assiégées par les ruines. Nous volions leurs portraits sur des murs qu'ils avaient de leurs mains bâtis et auxquels, suspendus, ils s'attachaient encore. Mais plus loin que ceux-là et plongeant dans la nuit des temps il y avait tous les autres, ignorés, innombrables, dont nous n'avions connu ni la voix ni l'image. Ils n'avaient pas de monuments, leurs noms s'étaient perdus et leurs os même au vent des ans qui passent. Il n'en restait que ce pays qu'imprégnait leur poussière comme le sel dans la pâte que brasse le boulanger.

Montant vers la Bastide sous le ciel même de notre étoile d'enfance, nous aurions presque osé nous tenir par la main mais sans cesse des voitures s'annonçaient. Elles descendaient de Sartarelle ou des Farges. D'autres revenaient de la ville, chargées de victuailles multicolores et nous fouettant au vol de leurs musiques battantes. Et si nous mettions pied à terre, nos guidons nous embarrassaient comme jadis, sur le même coteau, le bâton qui servait de broche à nos couronnes de pain.

Plus haut, sur les pentes remembrées, des machines tondaient l'herbe de juin, l'emballaient en cylindres dodus qu'on voyait près des fermes, stockés comme des yaourts. Des bœufs meuglaient dans des hangars. Un vacarme plus puissant naissait d'autres enclos. On aurait dit l'approche rasante d'un avion gros porteur. C'était l'intense clameur des milliers de pintades tournant puis retournant sur l'aire sans perspective qui était leur planète. Elles formaient une marée grise animée de larges frissons qu'inversait tout à coup on ne savait quelle insurrection, quel prophète, ni quel dieu de la scène ou des stades.

Plus haut encore, des plantations de pins occupaient les terrains ingrats où nous nous rappelions avoir mené nos bêtes. Elles levaient des falaises de fûts qui changeaient les reliefs, transfiguraient un paysage où je me serais égaré sans l'aide de Marinette. Ici, l'ombre glaciale gardait mémoire des neiges d'avril. On devinait encore, sous une fourrure de mousse, l'alignement des murettes que, de mémoire d'homme, j'avais vu cuire au soleil des moissons.

Après les arbres s'étendait une clairière où les genêts reprenaient leurs droits. J'en avais reconnu l'odeur. De chaque côté de la route étroite où nous roulions, ils vibraient d'un million d'insectes attirés par leurs fleurs dont les gerbes me masquèrent la Bastide alors que j'y entrais déjà.

J'étais passé sans la reconnaître près de la ferme des Ginestoux transformée en auberge de campagne. Déjà, une ruelle en pente et pavée de galets m'entraînait sans effort plus loin que la maison où, un été durant, j'avais vécu chez Jeanne. Des parterres remplaçaient les fumiers et une serre l'appentis des fagots. Des fleurs crêtaient les bas-côtés où avait dominé l'ortie. Partout les joints des murs avaient été repris, les crépis rénovés et teintés de couleurs joyeuses. Soit qu'on les eût rasées, modifiées ou reconstruites, toutes les ruines avaient disparu et leur contenu récupéré avait fait les beaux jours des brocantes.

Des buis taillés et des charmilles succédaient aux buissons d'épines, à l'anarchie des frênes et des sureaux. Dans les jardins où j'avais vu des choux, des piscines sous leur bâche attendaient les chaleurs près des kiosques de fantaisie. Au-delà, par-dessus des terrasses aplanies par les bulldozers, plongeait un paysage où l'arbre avait gagné sur les pâtures. Loin, sur l'autre versant qui remontait abrupt, les hêtres avaient grandi encore, rescapés des tempêtes, et leurs cimes se mêlaient à celles obscures des pins. Elles nous voilaient la ferme où s'était foudroyé Louison du Peyradoux, mais rien, à cette distance, n'expliquait son malheur.

Dans cette Bastide nouvelle où j'entrais avec Marinette, si beaucoup de maisons, en attendant l'été, gardaient encore leurs volets clos, on voyait bien qu'elles n'étaient pas à l'abandon et que leurs intérieurs disposaient d'agréments et de commodités ignorés des anciens châteaux comme de la bourgeoisie d'avant quatorze. Des verrières installées dans l'embrasure des granges permettaient d'entrevoir des salons confortables, des équipements inouïs qui livraient la musique sur demande, le froid, le chaud et les nouvelles du monde.

Un millénaire était franchi. Cinquante années avaient suffi pour que, sur les lieux mêmes où s'échinaient naguère des familles en sabots, surgît un paradis dont elles n'avaient osé rêver, victimes qu'elles étaient de leur bon sens. Dans ce hameau privilégié où l'Europe se donnait rendez-vous pour vivre comme Dieu en France, un genre de vie nouveau – défi jeté à l'homme – dépassait l'ambition terrestre des siècles antérieurs.

Ici, la nostalgie n'avait plus raison d'être. Partout ailleurs l'horreur, l'aveuglement ou la simple routine pouvaient handicaper les peuples mais sur ce promontoire où nous étions il nous semblait fatal que les consciences s'élèvent. Elles auraient fait injure à la pensée autant qu'à la misère du monde si d'aventure elles avaient fui ou différé encore leur vocation qui est de désavouer les peurs en disant le pourquoi des choses. Sur le chemin du retour, l'optimisme nous gagnait. Il donnait à la vie son sens et nous sentions d'instinct qu'il était improbable que l'homme fût apparu sur terre sans destinée plus essentielle que d'inventer l'eau chaude.

Après l'embranchement de Sartarelle, la descente nous happa. Sans remords, nous cédions à la pente où nous glissions à deux. L'air doux du soir nous caressait. Il était riche de papillons et de fourmis volantes dont nous traversions les nuages, et nous plongions sur Saint-Génis, gardant assez d'élan pour rebondir jusqu'à Varenne d'où ma voiture nous ramènerait à la roulotte. On eût dit que nous-mêmes nous volions. Réfractaires aux déprimes, mal informés des pollutions, des hannetons naïfs percutaient nos poitrines, ricochaient sur nos casques.

XII

Le Château de Marinette

DEPUIS QUE NOUS VIVONS ENSEMBLE, j'aide souvent Marinette au jardin, celui de la roulotte mais également ceux du château où les iris et des massifs de roses persistent dans les anciens parterres. Nous arrachons les ronces et nous piochons un peu. Elle m'a montré des larves de hanneton qui ressemblent à de grosses filles emballées dans une doudoune blanche. Elle ne veut pas les tuer. Elle les met dans une boîte en fer et verse le contenu dans un trou à l'écart. Elle les admire autant qu'elle les prend en pitié :

« Elles sont pareilles à nous. »

Elle dit qu'elles rêvent à leur façon plusieurs années sous terre – c'est-à-dire presque toute leur vie – jusqu'au jour où elles volent enfin. Selon Marinette, tout ce qui existe rêve plus ou moins :

« Et même les pierres », insiste-t-elle.

Son opinion est que nos corps rêvent comme les plantes ou les pierres, c'est ce qui fait que chaque matin nous nous retrouvons au lit enlacés comme deux chèvrefeuilles. Nos corps, s'il faut l'en croire, rêvent avec nous. Ils rêvent aussi sans nous, ils ont leurs obsessions ou leurs délires.

Autant que de la chair qui tôt ou tard finit par nous trahir, Marinette se méfie de la science qui ne veut pas croire au rêve. D'après elle, si le cheval est devenu ce qu'il est ou si l'avion existe, c'est sans doute grâce aux sciences mais surtout parce que l'homme en a beaucoup rêvé.

Si, chez Brigitte où la télé sévit non-stop, Marinette voit qu'on y tue de plus belle ou qu'on enlaidit tout comme à plaisir, elle se met à trembler ni plus ni moins que jadis dans son refuge de la Bastide où Salammbô la faisait pleurer. Il faut changer ou éteindre l'image. Elle aime autant nous avertir :

« Tous les rêves que nous acceptons se réalisent tôt ou tard, d'une manière ou d'une autre. »

Là, Brigitte roule une cigarette et expédie, patiente, sa fumée au plafond.

Marinette dit des choses à elle qu'elle n'a pu lire nulle part ailleurs et qu'intrigué je me suis mis à noter sur un ancien cahier d'école couvert de papier bleu.

Pour plaire à Marinette qui trouve tristes mes albums d'humour, j'ai dit que j'allais écrire et dessiner quelque chose de vraiment joyeux :

« Une histoire qui serait comme la nôtre. »

Pour une telle entreprise, la roulotte manque d'espace. Tout en haut du château de Saint-Génis, là où personne ne nous dérange, j'ai installé plusieurs tables à tréteaux. J'y étale mes esquisses. On y voit beaucoup de vaches et de chèvres qui gambadent dans les genêts, une machine à vapeur, un manchot avec son crochet, la fête de la batteuse, des valseurs, un accordéon et une Yvonne carrément nue qui se trémousse dans l'herbe, fait l'amour sous un édredon et vocifère dans l'escalier d'une ruine. Pour l'éditeur, j'ajoute du sexe. À Marinette j'explique que c'est la mode :

« Si les gens doivent rêver, qui les aidera sinon l'artiste ? »

Quoi qu'elle craigne ou m'objecte, Marinette ne m'ennuie jamais. Au fil de nos conversations, elle me conduit sans heurts au versant clair de l'existence. Elle m'en révèle les évidences comme autrefois, aux Sagnes, l'art de parler aux bêtes.

Dans le chaos de brochures et de recueils entassés dans la tour du sud, nous avons recherché le sujet de la future pièce que jouerait l'association. À Paris, malgré ceux qui voudraient y croire, le théâtre semble mort, désenchanté par ses décors et victime du metteur en scène, coucou qui pond au nid de l'auteur. En province, il survit çà et là, épargné par sa modestie, la fraîcheur de ses maladresses. Au hasard des trouvailles, nous fréquentions Musset, Marivaux, Giraudoux... Marinette n'a pas fait d'études pour gagner des diplômes, de sorte qu'elle va d'instinct aux textes, aimant sans préavis ce qu'ils lui donnent d'aimable.

Nous avions fréquenté *Ondine* et vécu comme les nôtres les *Jeux de l'Amour et du Hasard.* Finalement, chez Molière, saltimbanque du bon sens, nous avions rencontré Chrysale qui vit de bonne soupe, et Philaminte, folle du logis. Mais Marinette doutait de Molière, cet ingrat qui fut traître aux Précieuses. Je lui disais :

« Molière, tout de même !... »

Et elle :

« Molière, évidemment. »

Pour faire suite à Feydeau, nous jouerions donc les *Femmes savantes.*

Quitte à conserver la roulotte, il nous fallait, pour vivre à deux, trouver un domicile plus grand, et déjà, à Varenne, nous retenions chez le brocanteur des meubles à notre goût.

J'avais, à tout hasard, fait l'achat de deux fauteuils qu'on pouvait dire Louis XIII et qui, autant qu'à nous, serviraient au théâtre. Provisoirement, nous les avions montés aux combles de la tour où nous faisions le tri des livres à l'abandon. S'il arrivait qu'il pleuve dehors, nous allumions un feu dans un âtre de pierre. Marinette apportait des chandelles qu'elle disposait partout. Souvent, pour n'avoir pas à redescendre, nous amenions nos repas dans un panier.

Nous avions même un phonographe. Ainsi, notre vie repartait au point où nous l'avions laissée jadis au pigeonnier des Ginestoux, et si nous évitions de nous en faire la remarque, c'est que nous avions peur d'attirer la malchance : ici, comme à la Bastide, une expulsion nous menaçait encore. Il passait quelquefois des acheteurs d'Amsterdam ou de Manchester, rêveurs lointains qui lisaient les annonces sur le Web et voyaient qu'un château d'Auvergne pouvait s'acheter moins cher qu'une mansarde à Versailles. Pour mieux les dissuader, j'avais placé sous la charpente des bassines à demi pleines d'eau et posé de faux étais contre un mur extérieur.

Le danger s'éloignant, Marinette reprenait ses lectures, allant de préférence aux lettres et aux souvenirs de femmes trouvés parmi les recueils que nous sauvions de la poussière. Dix fois par jour, elle sortait de sa tour pour me faire une lecture à la table où je dessinais. Déjà, elle connaissait vingt noms de poétesses qu'ignorent les féministes, et, bergère qu'elle avait été, simple gardienne de vaches, elle fréquentait sans crainte, dans un salon imaginaire, ces princesses de littérature. Quand, par l'escalier sombre, nous quittions le grenier des livres pour retourner vers la roulotte, elle m'arrêtait sur un palier. Dans le silence, elle épiait des fantômes, affirmant qu'en prêtant l'oreille, et pour peu qu'on l'espère, on les entendrait rire.

Pour ranger tous les livres, j'avais fait découper les planches d'une grande bibliothèque qui servirait de décor aux *Femmes savantes.* J'y ai peint de fausses colonnes, des frontons à devises. J'ornais aussi des paravents improvisés. L'envie nous était venue de transformer, de haut en bas, chacune des salles de ce château pour en faire un théâtre aux multiples décors. Tantôt, il évoquerait un intérieur de style et tantôt une clairière qu'un éclairage habile finirait d'enchanter. Des acteurs en costumes y vivraient. Pris à leur jeu et s'en allant ainsi d'une scène à l'autre, ils seraient à eux-mêmes leur public. Comme dans les parcs et les demeures où fleurissait jadis une civilisation, ils inventeraient leurs paroles à mesure, dialogues d'une pièce sans commencement ni fin.

D'avance, sur les murs nus de la grande salle, j'avais tracé des arbres et des fontaines et j'y travaille encore au moment où j'écris ces pages. À chaque étage, pour plaire à Marinette, mes pinceaux font paraître un mirage d'architectures et de végétation. J'apprécie quant à moi cette soudaine liberté accordée par l'espace.

Depuis la rue des Dames et les pénuries d'après-guerre, j'avais pris mon parti des formats limités. Tagueur à ma façon, je déborde aujourd'hui les marges. Dans du contreplaqué je peins et je découpe, grandeur nature et en costume d'époque, les silhouettes des divers personnages que nous mettrons en scène. Sur leurs socles mobiles, ils préfigurent les rôles et compensent au besoin la défection chronique des acteurs bénévoles.

Une nouvelle vie déjà rendait une apparence au château déclassé. On m'en félicita à la fête folklorique puis à l'exposition de peintures et de poèmes. S'il m'arrive fréquemment d'aller revoir Paris, personne ici n'a l'air de croire que je puisse n'en plus revenir. À l'assemblée d'octobre, à défaut d'autre candidat, on m'a fait président de l'association. Car les femmes sont ainsi : majoritaires qu'elles sont, elles revendiquent leur droit légitime au pouvoir et finissent par élire des hommes.

On avait estimé qu'on pourrait faire encore au château de Saint-Génis le grand repas des adhérents. Agissant comme traiteurs, René et Claude se chargèrent d'apporter les plats dans leur camionnette Ford de la fin des années quarante.

Au moment du dessert, le maire s'était levé pour le discours d'usage. Il rendit un hommage chaleureux à l'association et à ses bénévoles, animateurs de sa petite commune rurale. Pourtant il était triste : il devait malgré lui modérer nos ardeurs. Le château, disait-il, venait d'être vendu. Grâce à son entremise nous avions jusqu'ici pu conserver les clés mais nous devions les rendre, déménager toutes nos affaires.

Tous se taisaient et Marinette avait pâli. Intervenant alors, et pour la première fois au titre de président, je m'étais levé sans hâte pour remercier le maire et prendre la parole. J'énonçai mon rapport. Finalement, j'évoquai les projets et l'avenir de l'ACVR que rien n'entraverait plus : nous garderions les clés, déclarai-je pour conclure, l'acheteur c'était moi et j'offrais le champagne.

Au marché de l'immobilier, telles étaient les surprises de l'offre et de la demande que, pour un prix inférieur à celui de mon belvédère du vieux quartier des Batignolles, j'avais pu devenir châtelain en Livradois. Dans la salle du second étage nous avions installé un grand lit à colonnes où nous nous retirions le soir comme sous une tente. Nous fermions soigneusement nos rideaux.

Pour ce premier hiver, la neige, en fines bourrasques, était venue dès novembre. Elle recouvrait les prés, nos bois tout proches et les tours du château. L'hiver nous avait fait sa guerre, assiégeant notre lit, s'y glissant pour nous déloger. Par manque de bûches, le feu mourait dans la cheminée trop large. Au milieu de la nuit, nous nous relevions pour fuir dans nos manteaux et partir en voiture sur le verglas d'Auvergne. Nous retrouvions le mobil-home aussitôt réchauffé grâce au gaz en bouteille.

Calfeutrés dans notre roulotte attelée à un cheval de rêve, nous pensions à la lampe qui, durant nos absences, veille constamment en haut de la tour du sud. Il nous semblait la voir. Elle brillait comme un phare qui rassurait nos nuits. Ainsi jusqu'au printemps où s'ouvriraient entre matin et soir nos fenêtres innombrables, où la fontaine reprendrait son murmure et nous-mêmes, comédiens de nos propres vies, les rôles multiples qu'impose une grande demeure avec ses dépendances. Comte et comtesse, nous serions, sans déchoir, cuisinière et valet, et Jacquot jouerait Maître Jacques. Cultivant nos jardins comme Candide, il nous faudrait aussi apprendre à faire avant novembre nos réserves de bois. Passé l'août, nous aurions à cueillir nos pommes et nos poires, et, pour la fête de Saint-Génis désormais sans curé ni manèges, sans cantiques ni bannières, nous ouvririons pourtant nos grilles et nos portes. Aux touristes en procession pour les journées du patrimoine, nous offririons sur notre seuil la brioche et le cidre doux.

Au point où nous en sommes, nous aurions mauvaise grâce à nous dire malheureux. La providence a ses détours qui sont de faux hasards. Elle nous ôte la jeunesse mais justifie nos rêves. Et la joie s'offre encore. À voir comme le temps passe, certains pencheront vers la tristesse, c'est à cela qu'on voit comme l'homme est libre.

Libre sous l'œil de sa conscience.

Ces jours derniers, au détour d'une conversation, j'ai dit à Marinette que, selon moi, le plus joyeux tableau du monde était une œuvre du peintre

Fragonard représentant une fête dans le parc de Saint-Cloud et qu'il était montré pour quelques mois au Louvre. Elle m'a dit qu'elle souhaitait le voir, celui-là mais rien d'autre.

C'est ainsi qu'à Issoire, dont la gare à nos yeux vaut celle de Perpignan, nous avions pris en première classe, au tarif troisième âge, le train direct de sept heures trente-deux. Le dernier train du soir nous ramènerait, de jour encore vu la saison, et sous réserve des grèves qui fournissent à tout voyageur ce qu'il lui faut d'imprévu pour compenser en France la rigueur des horaires et la monotonie des certitudes.

Et la Vedette, fidèle carrosse, attendrait au parking.

Court voyage pour une noce intime sans pièce montée ni carillon. Ninou portait pour l'occasion une robe nouvelle achetée sur Internet et, parce qu'elle en doutait, je lui jurai qu'elle était belle, non seulement à mes yeux mais au regard des anges. Elle voulait bien me faire confiance. Chemin faisant, elle apprécia le paysage qui passait à la fenêtre, mais moins les murs des banlieues tristes où se tague l'alphabet sans message des impuissances modernes. Quittant l'autobus soixante-trois, prolongement parisien du Puy-de-Dôme, nous avions côtoyé la Seine et déjeuné près du Pont-Neuf dans un bistrot où j'ai mes habitudes. Pareillement, par privilège d'artiste, j'ai au Louvre mes itinéraires contournant *La Joconde*.

Fragonard n'avait pas déçu. Largement, il payait le voyage. Sa présence nous dorait un avenir immédiat face auquel, ce jour-là, assis au plus près d'elle sur une même banquette, j'avais, virtuellement, tenant sa main dans la mienne, épousé à Paris Marinette, l'Auvergnate.

XIII

Le Cahier bleu
(extraits)...

LA VIE EST UN RÊVE INACHEVÉ qui vient déjà de loin. Nous ne sommes pas les premiers à rêver, nous ne sommes que les premiers à nous en rendre compte.

S'il y a maintenant tant de machines nouvelles, c'est que les choses se sont mises à rêver avec nous.

Nos rêves nous guettent longtemps, un jour ils nous dépassent.

Si nous ne voyageons que pour suivre des machines, autant rêver chez nous.

On s'occupe trop de nourrir l'humanité, pas assez de nourrir ses rêves. Ou on les nourrit mal.

Les mauvais rêves attrapent les hasards malheureux.

Il se pourrait qu'on ait à vivre toutes les histoires qu'on aime, les meilleures et les pires.

Ce n'est pas tout de rêver, il faut encore avoir le courage de ses rêves.

Quand un hasard met un rêve à notre portée, le plus dur reste à faire.

Il se pourrait que nous ayons à revivre pour corriger nos rêves ou les mener à bien.

Nous sommes le rêve de quelque chose qui rêve de rêver mieux...

Table des matières

Chez le même éditeur

Sagas familiales et destins singuliers sont au cœur des romans De Borée. Découvrez sans plus attendre la richesse de cette collection où les petites histoires se mêlent habilement à la grande.

La Bête du Gévaudan, François Fabre et Jean Richard
Le Pays oublié, Jean Anglade
Le Chien du Seigneur, Jean Anglade
Le Milhar aux guignes, Alain Aucouturier
Le Dénicheur d'enfance, Alain Aucouturier
La Mère-Nuit, Alain Aucouturier
Aux innocents les mains pleines, Alain Aucouturier
Le Besacier, Alain Aucouturier
Le Bon Dieu dans les orties, Alain Aucouturier
Les Sentiers de traverse, Robert Audidier
Le Village perdu, Noël Aujoulat
Le Prix de la terre, Georges Barthomeuf et Roger Rouzaire
Moissons d'enfance, Paul Bélard
Un pâtre du Cantal, Pierre Besson
La Fille de la meunière, Adrien Bobèche
Le Destin de Lirette, Adrien Bobèche
Les Confitures du haut de l'armoire, Adrien Bobèche
Les Coulées douces, Christian Bormann
Les Yeux de Chloé, Roland Bosquet
La Pierre au mercier, Maurice Bouchet
Le Chêne foudroyé, Maurice Bouchet
Les Souliers ferrés, Maurice Bouchet
La Fille du pertuis, Maurice Bouchet
Le Printemps d'Antonia, Josette Boudou
Les Grillons du fournil, Josette Boudou
La Maison d'école, Josette Boudou
Le Mur de la destinée, Josette Boudou
Marie, fille des montagnes, Josette Boudou
Les Chemins de toile, Josette Boudou
Le Foulard de l'aviateur, Charles Briand
Une petite âme, Jean-Pierre Buiche
Quatre sons de cloche, Geneviève Callerot
Les Cinq Filles du Grand-Barrail, Geneviève Callerot
Treize grains de maïs, Geneviève Callerot

Le blé germe en hiver, Marie Nicole Cappeau
La Mule blanche, Marie Nicole Cappeau
Chantemerle, Marie Nicole Cappeau
Le Loup du Marais, Anne-Marie Castelain
Les Amours de Louise, Anne-Marie Castelain
Les Promesses du haut pays, Maurice Chalayer
La Paix des collines, Maurice Chalayer
Un Buisson d'aubépine, Maurice Chalayer
Ardéchois Cœur Fidèle, Jean Chatenet et Jean Cosmos
Les Rubans roses, Colette Chatry
Les Classes creuses, François Cognéras
La Mémoire Engloutie, François Cognéras
L'Écorce amère, Yvon Collin
La Dictée, Jean Cosmos
La Brûlure des pierres, Gérard de Negri
Les Terres Bleues, Marie de Palet
La Demoiselle, Marie de Palet
Retour à la terre, Marie de Palet
Tistou, Marie de Palet
Mademoiselle Fine, Marie de Palet
La Fleur de sang, Anthonie Delauze
Les Rosiers de la rue Vermenouze, Jean-Paul Demure
Le Grand Domaine, Claude Dravaine
Fontcouverte, Daniel Dupuy
Terre-Dieu, Bernard Farinelli
Les Années châtaignes, Yvette Frontenac
La Soupe des autres, Yvette Frontenac
La Clairière aux genêts, Christiane Gallois
La Croix du Mèze, Maurice Gautier et Fernand Raynaud
La Méprise, Yveline Gimbert
L'Ombre des Chênes, Yveline Gimbert
Le Vent du Peyradoux, Jacques Duhameau
La Ferme des hautes terres, Isabelle Jailler
Drôle de moisson, Roger Judenne
Les Terres brunes, Roger Judenne
Les Bons Jours, Roger Judenne
L'Arbre à pain, Christian Laborie
Le Chemin des larmes, Christian Laborie
L'appel des Drailles, Christian Laborie
Les Drailles oubliées, Christian Laborie
Le Secret des Terres Blanches, Christian Laborie
Le P'tit Louis de la Loge, Suzanne Lavisse-Serre

Traîne-misère, Georges Laz
Les Vendanges de Lison, Philippe Lemaire
Le Chemin de poussière, Philippe Lemaire
La Belle absente, Philippe Lemaire
Années vertes, années noires, Jacques Mallouet
Japperenard, Jacques Mallouet
Le soleil de Monédière, Antonin Malroux
L'Héritage trahi, Yves Michelin
Le Temps d'un été, Christine Navarro
La Pierre levée, Paul Perrève
La Burle, Paul Perrève
Les Pommiers sauvages, Philippe Perrot
Tustou et Marie, Jacques Pince
Les Premiers Sillons, Jacques Pince
Les Blouses grises, Jacques Pince
Le Goût du blé, Jacques Pince
La Vengeance de Bogis, Jacques Pince
Les Longues saisons, Annie Plait
Un orage dans la tête, Monique Ponty
L'Œil du vivier, Bernadette Puijalon
Un parfum de gentiane, Bernadette Puijalon
L'Heure de l'alouette, Bernadette Puijalon
Trois sillons de terre rouge, Jean-Louis Quereillahc
Marie des solitudes, François-Paul Raynal
Les Gens de la Vallée, Georges Ribes
Le Bonheur en été, Pierre Ripert
Des monts de Résistance, Florence Roche
La Colombière, Roger Royer
La Colline des Maures, Roger Royer
La Terre des Coteaux, Pierre Sabourin
Le Boulanger de Saint-Laurent, Pierre Sabourin
Le Marquis de Villemer, George Sand
Jean de la Roche, George Sand
La Ville noire, George Sand
Le Bonheur selon Félisse, Jean-Marc Soyez
La Vigne à Saint-Romain, Jean-Marc Soyez
Les Galoches de Julia, Jean-Marc Soyez
La Ramandeuse, Jean-Marc Soyez
Le Tablier bleu, Michèle Thoulon-Languet
Une maison dans les herbes, Claude-Rose Touati
Les Feuilles du pêcher, Paule Valette
Un jour d'orage, Jean-Pierre Védrines

Froides vendanges, Jean-Pierre Védrines
Marie des vignes, Jean-Pierre Védrines
La Fille du bénitier, Henri-Antoine Verdier
La Ferme des Pitaval, Michel Verrier
Les Roses de l'hiver, Claude Vincent
La Révolte du père, Claude Vincent
La Servante, Louis-Olivier Vitté
L'Enfant de la rivière, Louis-Olivier Vitté
La Vallée des illusions, Louis-Olivier Vitté

D i s p o n i b l e

La Ferme des hautes terres

Isabelle Jailler

Dans un petit hameau perché sur des terres d'altitude aux hivers rudes et neigeux, une nouvelle vie commence pour Marie. Elle vient d'épouser Vincent, l'aîné d'une famille prospère vivant du commerce du bois et de la fabrication de fromage. Malheureusement la maladie lui enlève son mari et elle devra affronter les vicissitudes de la vie tandis que la guerre gronde.

Imprimé sur les presses
de l'imprimerie « La Source d'Or » - 63200 Marsat
Imprimeur n° 13340

*Dans le cadre du développement durable
l'éditeur a choisi l'imprimerie La Source d'Or,
référencée IMPRIM'VERT®
et les papeteries Arctic Paper
pour leur certification environnementale ISO 14001*